KB078174

괴물
포식자

괴물 포식자 5

철순 장편소설

초판 1쇄 찍은 날 § 2016년 8월 18일
초판 1쇄 펴낸 날 § 2016년 8월 25일

지은이 § 철순
펴낸이 § 서경석

편집책임 § 조현우

펴낸곳 § 도서출판 청어람
등록번호 § 제387-1999-000006호
등록일자 § 1999. 5. 31
어람번호 § 제1-2509호

주소 § 경기도 부천시 원미구 부일로 483번길 40 서경B/D 3F (우) 14640
전화 § 032-656-4452 팩스 § 032-656-4453
http://www.chungeoram.com
E-mail § chungeorambook@daum.net

ISBN 979-11-04-90939-9 04810
ISBN 979-11-04-90817-0 (세트)

5

괴물
포식자

철순 장편소설

FUSION FANTASTIC STORY

도서출판
청어람

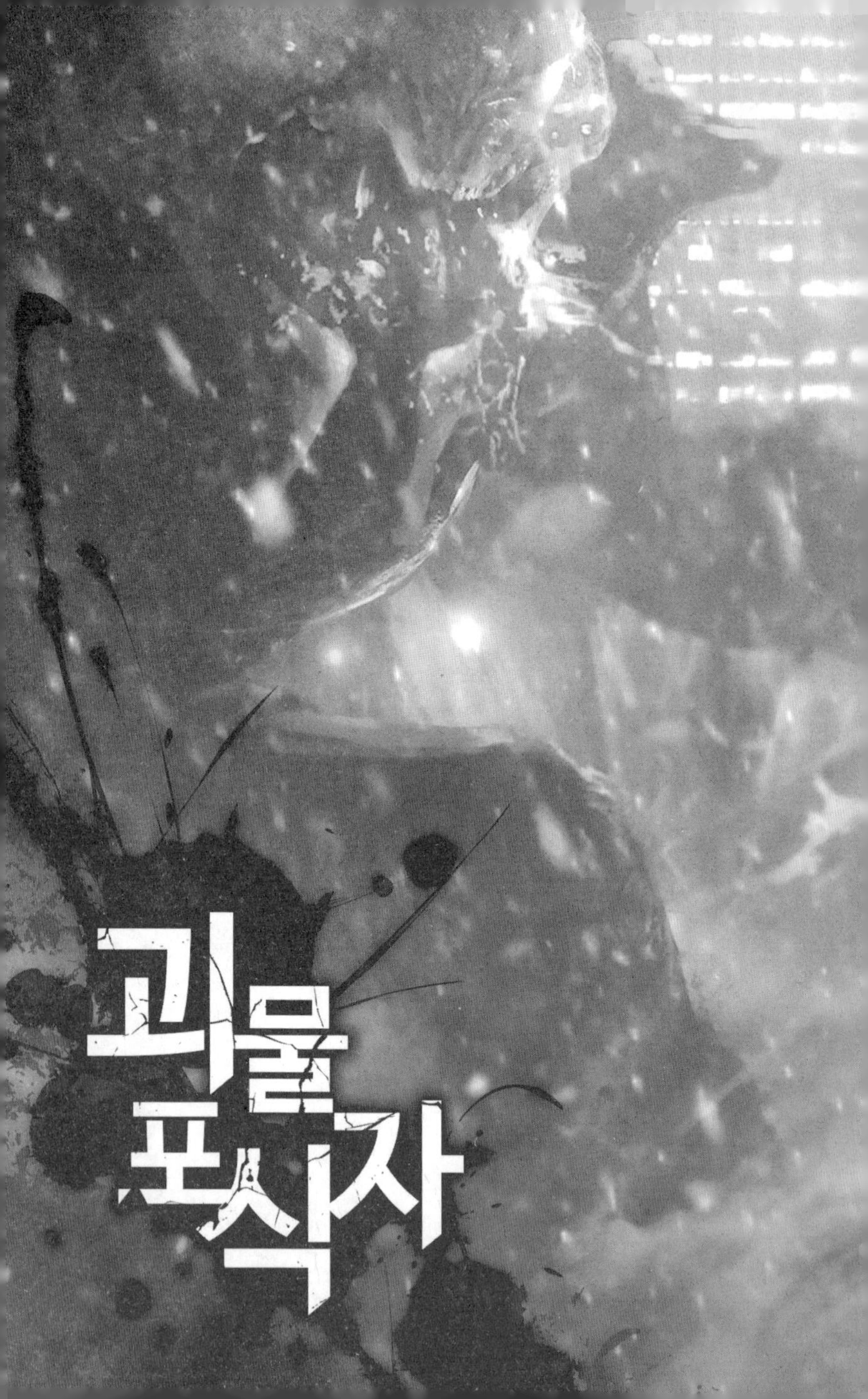
괴물
포식자

Contents

제1장

세 개의 문

화이트 홀에서 나오는 괴물들은 하루하루 강해졌다. 하지만 괴물들의 강해지는 속도가 무색할 정도로 패러독스 길드원들의 성장은 빨랐다.

사흘이 지났을 때.

신혁돈이 아닌, 처음으로 능력치 101을 넘긴 사람이 나왔다.

사냥을 마친 윤태수가 에르그 코어를 흡수한 순간.

"어… 이거 왜 이래?"

윤태수는 온몸의 근육이 수축과 이완을 반복하는 것을 느꼈다.

정상적으로는 느껴질 리 없는 감각.

그와 동시에 손과 다리가 떨리기 시작했고, 윤태수는 그대로 주저앉았다. 그리곤 온몸이 불타는 듯 열이 피어오르기 시작했다.

"으, 으어어!"

증폭과 감쇄를 얻을 때 느꼈던 것과 비슷한 고통!

윤태수가 쓰러진 순간 옆에 서 있던 백종화가 소리쳤다.

"뭐야, 왜 그래?"

혀 또한 이완과 수축을 반복하며 열을 내고 있었기에 윤태수는 말조차 할 수 없었다.

"으어어……."

당황하며 윤태수를 붙잡은 백종화는 화들짝 놀라며 그의 몸에서 손을 뗐다.

"불덩이 같은데? 서윤 씨!"

백종화는 그나마 의사와 가까운 이미지인 이서윤을 불렀고, 소동에 신혁돈이 다가왔다.

이서윤이 달려오는 사이 윤태수를 살핀 신혁돈이 말했다.

"능력치 각성이군."

"예?"

"손 떼고 내버려 둬라."

"그게 무슨……."

이서윤이 달려와서 윤태수를 살피려 하자 신혁돈이 그녀

를 만류했고 윤태수에게서 한 걸음 떨어진 백종화와 이서윤이 물었다.

"이게 무슨 상황입니까?"

"하나의 능력치가 101을 달성하면 능력치 각성이 이루어진다. 저건 그 과정이고."

"무슨 능력치 1 올랐다고 각성을……."

"보면 알아."

어느새 모여든 패러독스의 길드원들이 윤태수를 둘러싼 채 지켜보았다.

그러길 잠시.

"흐어어……."

소리도 내지 못하며 고통스러워하던 윤태수가 긴 한숨을 내쉬며 눈을 떴다.

그 순간 땅바닥에 누워서 몸부림을 치던 것이 부끄러울 정도로 고통이 씻은 듯 사라졌다.

윤태수가 이 상황에 어떻게 일어나야 할지 고민하는 사이, 신혁돈이 말했다.

"일어나."

"…넵."

윤태수가 일어서자 괜찮냐는 말들이 쏟아졌고 윤태수는 고개를 끄덕인 뒤 신혁돈을 바라보았다.

"강해졌지?"

윤태수가 천천히 고개를 끄덕였다.

전과 다르다.

근육 하나하나가 살아 있는 듯 몸을 움직일 때마다 어떤 근육이 어떻게 움직이는지까지 느껴졌다.

"…뭐가 달라진지는 모르겠지만 달라졌습니다."

"능력을 사용하지 말고 제자리에서 뛰어봐."

윤태수는 의아한 얼굴을 하면서도 신혁돈의 말대로 서전트 점프를 해보았다.

그 순간 윤태수가 1미터가 넘게 솟구쳐 올랐다.

윤태수는 자신의 힘에 놀라며 허공에서 발버둥을 쳤고, 결국 엉덩방아를 찧었다.

그 모습에 놀란 백종화가 물었다.

"…그게 능력을 안 쓴 거라고?"

"예."

"무슨 말도 안 되는……."

"저게 힘 능력치 101의 효과다."

윤태수는 그제야 상태창을 열어 자신의 힘을 확인했고 그와 동시에 고개를 끄덕였다.

"그러네. 힘이 101이 되어 있습니다."

"오……."

밀리 계열 능력자들의 눈에 빛이 돌았다.

힘을 확인하기 위해 섀도우 복싱을 하는 윤태수를 바라보던 고준영이 신혁돈에게 다가가 말했다.

"형님, 다음 화이트 홀은 언제 갑니까?"

그렇게 약속한 일주일이 흘렀다.

*   *   *

화이트 홀이 지구상에 나타난 뒤 엿새가 흘렀다.

그간 패러독스는 밤낮 할 거 없이 대한민국을 돌아다니며 모든 화이트 홀 제거에 힘썼고, 대한민국 내에서 패러독스라는 이름을 모르는 사람이 없을 정도로 유명해졌다.

패러독스의 기행 아닌 기행은 대한민국을 떠나 전 세계적으로도 알려지며 다른 길드들의 화이트 홀 제거 활동에도 불씨를 당겼다.

패러독스의 위상은 날이 갈수록 높아졌지만 그들의 행보를 아니꼬워하는 이가 없을 리 없었다.

일본, 비응주구의 은신처.

"…개 같군."

한마디로 자신의 기분을 표한 일(一)이 혀를 찼다.

"뒤에 누군가 있는 게 확실한데 말이야, 그게 누굴까?"

일의 앞에 선 사내, 십(十)은 고개를 숙인 채 대답하지 못했다.

마이더스와 함께한 작전이 실패하며 비응주구의 존재 사실이 알려졌다.

그간 비응주구의 존재 자체를 극구 부인하고 있던 일본의 거대 길드, 텐구의 입장마저 난처해진 상황.

이번에는 비응주구와 아무런 관계가 없다 말하며 전혀 다른 노선을 걷고 있는 서로 다른 단체라 말하고 있었다.

하지만 눈 가리고 아웅하는 텐구의 모습에 속아줄 만큼 멍청한 이들은 없었고, 그간 비응주구가 벌여온 불법적인 행위들이 하나둘씩 파헤쳐지기 시작했다.

일이 턱을 괸 채 입을 열었다.

"올마이티도 정리 못해, 패러독스도 정리 못해, 화이트 홀 확보도 못해, 지금 윗분들이 무어라 말씀하는 줄 알고 있나?"

십도 귀가 있고, 눈이 있다.

하지만 자신의 입으로는 할 수 없는 말, 십은 고개를 숙인 채 침묵을 유지했다.

그러자 일이 턱을 괸 탓에 뭉개진 발음으로 말했다.

"비응주구를 없애신단다. 그리고 새로운 단체를 만든다는군. 깨끗한 정보 단체를 말이야. 그럼 결국 말이야, 우린 더럽다는 뜻인가?"

토사구팽(兎死狗烹).

이토록 어울리는 상황이 있을까.

"그 단체가 생기기 전에, 우리가 살아남기 위해서는 무엇을 해야 할까."

"…실수를 만회해야 합니다."

"그래, 그러기 위해선 누굴 잡아야 하지?"

십의 고개가 그제야 들렸다.

"신혁돈… 입니다."

일은 천천히 고개를 끄덕였다.

이제 신혁돈을 잡는 것은 사사로운 복수의 차원을 벗어났다.

지금의 신혁돈은 지구상에서 가장 뜨거운 감자다.

내로라하는 길드들, 기업들은 모두 패러독스의 행보에 한 발이라도 걸쳐보기 위해 러브콜을 보내고 있지만 연락을 할 방도가 없었다.

그렇기에 더 가드를 통해 연락을 전하려 하지만 더 가드 차원에서 모두 차단하고 있었기에 그조차도 불가능한 상황.

그를 잡아 그가 알고 있는 정보만 빼낼 수 있다면 비응주구는 다시 예전의 위상을 찾을 수 있을 것이었다.

"꼭 성공해라. 실패하면 너도 나도… 우리 모두 끝이다. 마지막 기회야."

"명심하겠습니다."

일이 고개를 끄덕이자 십이 무릎을 꿇고 고개를 숙였다.

       *   *   *

엿새째 밤. 패러독스의 아지트.

"5시간 뒤 출발한다."

신혁돈의 말에 윤태수가 시계를 올려보았다.

"…지금 9시인데 말입니다."

"문제 있나?"

"아니, 문제라기보다는 저희 방금까지 화이트 홀 부수고 오는 길 아닙니까?"

"그런데?"

너무나도 당당한 신혁돈의 반응에 결국 윤태수가 고개를 숙였다.

"…아닙니다."

신혁돈은 윤태수를 한 번 바라본 뒤 씻으러 갔고, 그러자 거실에 모여 있던 이들이 한숨을 푹푹 내쉬었다.

"…왜 이렇게 달리시나 모르겠네."

고준영이 기지개를 켜며 말했고 그의 말에 홍서현이 대답했다.

"진짜 몰라서 그래요?"

"…왜입니까?"

"그레이트 화이트 홀에서 보스 몬스터가 나온다잖아요.

더 가드 모두를 합쳐도 잡을 수 없을 만큼 강력한 괴물이. 그걸 상대하기 위해서 우릴 성장시키는 거죠."

"하긴, 괴물들이 우리 사정 봐가면서 쳐들어오는 게 아니니까."

고준영이 홀로 중얼거리자 안지혜의 무릎을 베고 누워 있던 백종화가 윤태수에게 물었다.

"세 개의 문에 대한 단서는 아무것도 없지?"

"예, 말 그대로 아무것도 없습니다. 진짜 문이 세 개가 나올지, 아니면 상징적인 의미인지도 모릅니다."

"…뭐라도 알아야 대비를 하지. 혁돈 형님은 별말 없으셔?"

"예, 자신의 힘으로 해결할 수 있는 일이 아닌 이상에야 워낙 관심이 없는 양반이잖습니까."

정보가 있고, 그것과 자신의 힘을 합쳐 해결하거나 정보를 얻을 수 있는 일이라면 신혁돈은 어떠한 방법을 사용해서라도 해내고 만다.

하지만 방법이 아예 없는 일, 지금과 같이 세 개의 문이라는 말도 안 되는 단서만 있을 때, 신혁돈은 몸으로 부딪히는 것을 선호한다.

"그건 그렇지."

누운 채 다리를 까딱거리든 백종화는 거실을 둘러보다 홍서현을 발견하곤 물었다.

"서현 씨."

"예."

"가이아… 님? 뭐라고 불러야 되지."

"편한 대로 부르세요. 예수나 부처한테 님을 붙이는 것도 다른 사람들 자유잖아요? 가이아님도 마찬가지예요."

설득력 있는 말에 백종화가 고개를 끄덕인 뒤 말했다.

"가이아한테 정보를 얻을 순 없습니까?"

"예, 자신이 원하실 때만 계시를 내리시기 때문에 제가 원한다 해서 대화를 할 수 있는 건 아니에요."

고개를 든 채 묻던 백종화는 다시 누워서 다리를 까딱였다.

"혁돈 형님 스타일대로 몸으로 부딪히는 수밖에 없나."

"그거 말고 뾰족한 수가 있으십니까?"

백종화는 한숨을 내쉬며 답했다.

"…없지. 에이, 잠이나 잘란다."

윤태수 또한 고개를 끄덕이고선 자신의 방으로 들어갔다.

"나도 잠이나 잘까."

다섯 시간이면 애매하긴 했지만 그래도 안 자는 것보단 낫다는 생각이 든 김민희까지 방으로 들어가자 거실에 남은 사람들은 각자의 시간을 보내기 위해 이리저리 흩어졌다.

그렇게 다섯 시간이 흘렀다.

        *   *   *

모든 준비를 마친 윤태수가 더 가드의 간수호에게 전화를 걸었다.

―간수호입니다.

"예, 윤태수입니다. 오늘부터 약 3주간 자리를 비울 예정입니다."

―차원문에 들어가시는 겁니까?

"뭐, 비슷합니다."

화이트 홀이 나타난 이후, 붕괴까지 얼마 남지 않은 차원문이 아닌 이상 각성자들은 차원문을 찾지 않게 되었다.

그도 그럴 것이 화이트 홀에서 나오는 괴물들을 잡는 것이 보상도 훨씬 좋은 데다 차원문이 붕괴되지 않는 이상 위협이 되지 않는 차원문 내 괴물들과 다르게 화이트 홀은 생겨나는 것만으로 생존에 위협이 되기 때문이었다.

그런 상황에 화이트 홀 사냥에 가장 열을 내며 전국을 누비던 이들이 차원문을 들어간다니.

분명 무언가 있다.

간수호는 수화기를 턱과 어깨 사이에 끼운 뒤 태블릿 PC를 꺼내들었으며 물었다.

―왜 들어가시는지 물어봐도 됩니까?

"각성자들이 차원문에 왜 들어가겠습니까? 강해지러 가

는 거 아니겠습니까."

—…그건 그렇습니다만 시기가 시기잖습니까. 그렇게 열심히 화이트 홀 사냥을 다니시던 분들이 갑자기 초보 각성자들도 관심 없는 차원문을 들어간다고 하시니 뭐가 있나 궁금해서 그럽니다.

간수호는 돌려 말하길 포기한 것인지, 아니면 이제 패러독스와의 밀당은 의미가 없다고 생각하는 것인지 아예 대놓고 물었다.

그의 변화에 어이가 없어진 윤태수가 헛웃음을 흘리며 대답했다.

"자세한 건 말씀 못 드립니다. 진짜 궁금하시면 유니크 아이템 하나 들고 혁돈 형님을 찾아가 보십시오. 그럼 알려주실 수도 있지 않겠습니까?"

—유니크 등급 아이템이라… 하나라도 가져봤으면 좋겠네요. 그럼 당장 이 짓 때려치우고 귀농해서 쌀농사나 지을 텐데 말입니다. 저기 강원도에 보면…….

대화의 방향이 이상한 곳으로 샐 기미가 보이자 윤태수가 간수호의 말을 끊었다.

"쌀농사는 나중에 얘기합시다. 그럼 별다른 변동 사항 없는 거 맞습니까?"

—예, 오늘 오후 2시에 기자회견을 할 거고… 뭐, 별다른 건 없습니다.

"그럼 나와서 연락드리겠습니다."

─알겠습니다. 고생하시고 언제나 몸조심하십시오.

전화를 끊은 윤태수는 눈앞에서 빛나고 있는 차원문을 바라보았다.

"세 개의 문이라……."

몸이 떨렸다.

흥분과 초조, 미지의 세계에 대한 공포와 불안감, 더 강해질 수 있다는 기대, 어떤 괴물과 어떤 방식으로 싸우게 될지에 대한 호승심.

복잡한 감정들이 섞여 심장이 거세게 뛰기 시작했다.

"…가자."

제일 앞에 서서 준비가 끝난 것을 확인한 신혁돈이 말과 함께 차원문으로 들어갔고, 그 뒤를 따라 길드원들이 차원문으로 입장하기 시작했다.

*   *   *

차원의 경계를 넘어선 패러독스 길드원들이 도착한 곳은 넓은 공간이었다.

사방이 벽돌로 막혀 있었지만 중간중간 빛을 내는 돌이 박혀 있어서 시야 확보에는 어려움이 없었다.

스무 평 정도 되는 삼각형의 공간이었고, 각각 벽에는 하나의 문이 붙어 있어 총 세 개의 문이 있었다.

"…진짜 세 개의 문이네."

"그러게요."

문은 가로 세로 3미터 정도 되었으며 친절하게 손잡이가 붙어 있었다.

그리고 문의 정가운데 한글이 쓰여 있었다.

"많다, 강하다, 크다… 무슨 생뚱맞은 한글이야."

판타지 게임에나 나올 법한 구조물 정중앙에 한글이 쓰여 있으니 기묘한 느낌이 들었다.

세 개의 문에는 각자 '많다', '강하다', '크다'라는 말이 쓰여 있었고, 알 수 없는 문양들이 조각되어 있었다.

"…괴물에 대한 말인 것 같은데."

윤태수가 말을 하며 문을 살피고 있는 신혁돈의 옆으로 가서 보았다.

신혁돈은 '많다'라고 쓰여 있는 문을 살피고 있었다.

"감이 오십니까?"

"아니."

신혁돈은 문의 손잡이를 쥐었다가 놓았다.

"아무것도 느껴지지 않는군."

문 뒤에 공간이 있다면 공기의 흐름이 있을 것이고, 그렇다면 손잡이를 통해 어떤 느낌이라도 전해져야 한다.

하지만 신혁돈의 발달된 감각에도 아무것도 느껴지지 않

았다.

"세 개 중 하나를 선택하라는 것 같습니다."

"그렇겠지."

신혁돈은 방의 중앙에 서서 세 개의 벽을 돌아보며 생각에 잠겼다.

세 단어 모두 괴물에 관한 것일 가능성이 컸다.

"…셋 다 별론데."

홍서현이 혼잣말을 하며 신혁돈의 옆에 와서 섰다.

수가 많다.

능력이 강하다.

덩치가 크다.

"흠."

잠시 고민하던 신혁돈은 '크다'라 쓰여 있는 문 앞에 서며 말했다.

"여기로 들어간다. 이의가 있는 사람 있나?"

길드원들은 서로를 바라보았고 윤태수가 물었다.

"왜 거기입니까?"

"크면 약점이 많지."

뭐라 반박하고 싶었지만 별다른 방법도 없고 정보도 없다. 어차피 셋 중 하나를 들어가야 한다면 감이 좋은 신혁돈의 말에 따르는 게 옳을 것 같았다.

윤태수가 고개를 끄덕이자 신혁돈은 다른 이들을 한 번

바라본 뒤 말했다.

"그럼 가지."

그리곤 손잡이를 당겨 문을 열었다.

그그그극!

돌로 된 거대한 문이 육중한 소리를 내며 열렸고, 그 뒤로 성인 남자 셋이 어깨를 맞대고 올라갈 수 있을 정도 되어 보이는 넓이의 계단이 모습을 드러냈다.

계단을 발견한 신혁돈은 고개를 끄덕인 뒤 말했다.

"진형을 짠다."

신혁돈이 제일 앞, 윤태수와 김민희가 그 뒤에 서고 백종화, 안지혜, 홍서현, 이서윤이 가운데 섰다.

그리고 맨 뒤 이남정을 비롯한 세 떨거지가 선 뒤에 패러독스의 길드원들은 계단을 오르기 시작했다.

계단에도 빛을 내는 돌이 박혀 있었기에 계단을 오르는데 어려움은 없었다.

"나선형 계단이라는 점과 탑 형식으로 만들어졌다는 걸 생각해 보면 큰 놈도 생각만큼 크진 않을 것 같지 않습니까?"

윤태수의 말에 그의 뒤에 있던 백종화가 고개를 끄덕였다.

"그럴 수도 있겠네."

얼마 걷지 않아 계단이 끝나고 거대한 공동이 나타났다.

그리고 윤태수는 자신의 생각이 틀렸음을 인정했다.

"…이게 건물이라고?"

거대하다는 말로 표현이 되지 않을 정도로 넓은 공동이 펼쳐져 있었다. 공동에는 자욱한 안개가 가득 차 있어서 앞의 시계도 확보가 되지 않았다.

문제는 양옆도, 앞도, 위도 마찬가지였다.

그들이 올라온 계단이 패러독스가 볼 수 있는 것의 전부였다.

얼마나 넓은 공동인지 보이는 것은 안개뿐, 다른 것들은 아무것도 보이지 않았다. 게다가 제대로 된 광원이 없어 마치 안개가 가득 낀 한밤의 저수지를 보는 듯한 느낌이 들었다.

그때, 신혁돈이 말했다.

"바다 냄새가 나는군."

"…바다 말입니까? 탑에?"

그의 말을 듣고 보니 무슨 냄새가 나는 것 같기도 했다. 하지만 해안가에서 맡을 수 있는 짠 내가 아닌 알 수 없는 냄새였다.

신혁돈은 대답 대신 눈을 감고 감각에 집중했다.

소금기와 습기가 가득히 배어 있는 바람.

파도가 아닌, 잔잔한 호수의 물결이 치는 듯한 소리.

그리고…

그으으으으으응—

알 수 없는 생물의 울음소리. 마치 해저에서 울리는 듯한 큰 울림에 신혁돈이 말했다.

"무언가 있다."

신혁돈의 말에 모두가 긴장하며 무기를 꺼내들고 주변을 살폈다. 다른 이들은 듣지 못했는지 앞이 아닌 사방을 둘러보고 있었다.

"어떤 겁니까?"

"아직 모른다."

모든 것을 알 것만 같았던 신혁돈마저 괴물의 정체를 짐작하지 못하고 있었다. 일행은 사뭇 긴장감이 더해지는 것을 느끼며 불안한 눈으로 주변을 살폈다.

신혁돈은 주변을 살피는 것을 멈추고 백종화를 바라보며 말했다.

"불을 밝혀봐."

백종화는 고개를 끄덕이고선 제일 앞으로 나서며 말했다.

"처음엔 너무 밝을 수 있으니 눈을 가리십시오."

말을 마친 백종화는 두 손을 머리 위로 들며 언령을 발동시켰다.

"빛나라!"

그와 동시에 백종화의 손에서 해가 떠오르듯 광원이 솟아올랐다.

광원은 지름 1미터까지 몸집을 키운 뒤에서야 백종화의 손을 떠나 머리 위로 솟아올랐다.

그의 손에서 솟아오른 작은 태양은 백종화의 의지를 따라 앞으로 나아갔고 어느 정도 거리가 멀어지자 일행들은 눈을 가리고 있던 손을 떼고 광원을 바라보았다.

광원이 나아가며 그들의 앞에 펼쳐진 길이 보였다.

돌로 된 길은 100미터도 가지 않아 끝난다. 그리곤 바로 잔잔한 호수가 펼쳐져 있었다. 광원은 거기서 멈추지 않고 호수 위를 날아 끝이 없이 앞으로 나아갔다.

"저거 어디까지 가는 거야."

광원의 속도는 굉장히 빨랐고 순식간에 그들의 시야에서 멀어져 손톱만 한 점이 될 정도까지 멀어졌다.

"대충 1㎞ 정도."

백종화의 말이 끝난 순간.

출렁.

촤아아악!

펑!

광원이 사라졌다.

"…무슨 소리지?"

"…물이 튀는 소리 같았는데 말입니다."

신혁돈은 윤태수를 바라보며 말했다.

"에르그 에너지 연결이 끊겼나?"

"아닙니다, 아직 유지되고 있습니다."

"되돌아오게 해봐."

백종화는 고개를 끄덕이고선 광원을 돌아오게 조작했다.

촤아아악!

촤아아악!

사라졌던 광원이 다시 나타남과 동시에 무언가가 물을 가르는 소리가 들렸다.

"…물소리?"

몇 초가 지나지 않아 광원이 다시 눈에 들어왔다.

어느새 주먹만 해진 광원이 보였고, 그 뒤로 검은 벽이 보였다.

"벽이 있었나?"

광원이 가까워질수록 빛은 밝아졌고 광원의 뒤에 있는 벽은 더욱 커졌다.

그와 동시에 신혁돈이 말했다.

"광원을 꺼라."

심상치 않은 기운을 느끼고 있던 백종화는 바로 광원을 없애버렸고 그 순간.

촤아아악! 철퍽!

무언가가 물을 내려치는 소리와 함께 거대한 물의 기둥이 솟구쳐 올랐다.

물의 기둥 옆으로 사람의 팔과 같은 것이 힐끗 보였다 사라졌다.

그 순간.

바닷물 특유의 짠 내가 훅 끼쳐왔다.

"호수가 아니야. 바다인 거 같은데."

말을 한 윤태수가 한 쪽 무릎을 꿇고 앉아 발치에 튄 물을 찍어 맛을 본 뒤 말을 이었다.

"확실해. 짜다."

그때까지 광원이 사라진 곳을 바라보고 있던 신혁돈이 무언가에 홀리기라도 한 듯 말했다.

"브리아레오스……."

"예?"

"그게 뭡니까?"

대답은 신혁돈이 아닌 홍서현에게서 나왔다.

"포세이돈에 저항한 바다의 거인. 그리스 신화에 나오는 100개의 팔과 50개의 머리를 가진 헤카톤케이르의 하나예요. 아이가이온이라고도 하며, '강한 자'라는 뜻이죠."

일행의 시선이 신혁돈에게로 집중되었다. 그녀가 한 말이 맞는지를 묻는 눈빛.

"비슷하다. 100개의 팔과 50개의 머리 대신 8개의 팔을 가지긴 했지만."

브리아레오스는 이곳에서 나와서는 안 되는 존재다.

그레이트 화이트 홀이 나타나고 최소한 5년은 지난 뒤에야 보스로 등장하는 괴물이 바로 브레아리오스다.

저번 삶.

하늘이나 바다에 나타나는 괴물이 없다는 상식을 깨고 그레이트 화이트 홀이 태평양 한 가운데 생겨났다.

브레아리오스가 태평양에 나타난 그날부터 태평양을 지나는 모든 항로가 막혔다.

그리고 1년 뒤 거의 천 명에 달하는 각성자와 10여 척의 항공모함이 투입되고서야 제거된 괴물이 바로 브레아리오스다.

그만큼 보상이 엄청나긴 했다.

그때까지 전 세계에 몇 개 없던 에픽 등급의 아이템을 세 개나 주었으니까.

하지만 레이드에 참여한 21개의 길드 중 17개가 궤멸했고, 항공모함 7척이 침몰했다.

그만큼 강한 괴물이 브리아레오스다.

신혁돈이 깊은 한숨을 내쉰 뒤 말했다.

"인간의 몸을 기반으로 하고 있지만 6개의 팔이 더 있다. 신장은 200미터가량. 팔의 공격 범위는 400미터 정도. 물을 다루는 이능을 가지고 있다. 어지간한 원거리 공격은 물로 막아버리고, 근거리에서는 여덟 개의 팔을 휘두르지."

백종화는 그의 말을 믿지 못하겠다는 듯 고개를 휘휘 저으며 물었다.

"그걸 어떻게 확신하십니까?"

"짙은 바다색의 팔을 봤다. 거대한 인간의 팔과 같으면서도 손가락이 있어야 할 자리에 문어의 다리와 같은 것이 붙어 있었지. 그런 팔을 가진 괴물은 브리아레오스밖에 없어."

말을 하는 신혁돈의 목소리가 떨리고 있었다.

"…200미터 말입니까? 등급으로 따지면 얼마나 되는 괴물인겁니까?"

"25등급."

"그런 등급이 존재하긴 합니까?"

신혁돈의 표정이 극도로 어두워졌다.

몇 년 후의 자신이라면 몰라도 지금 당장 물 위에서 전투를 벌일 수 있는 방법은 없다.

아니, 브리아레오스가 사용하는 물의 이능을 버틸 재간조차 없다.

지금 브리아레오스에게 달려든다는 것은 계란으로 바위치기 그 이상도 이하도 아니다.

괴물을 잡을 방법이 단 하나도 없다.

'젠장.'

그의 표정을 본 모든 길드원의 표정이 어두워졌다.

아이가투스의 차원은 빠져나갈 수조차 없다.

'아이가투스의 여섯 번째 차원, 그리고 보였던 팔……'

굳어 있던 신혁돈의 얼굴이 펴졌다.

그 순간, 신혁돈이 몬스터 폼을 발동시켰고 순식간에 세 뿔가시벌레의 날개를 단 신혁돈이 하늘로 날아올랐다.

그러고는 바다가 있는 정면이 아닌 왼쪽으로 날아가기 시작했다.

백종화가 그의 기행을 바라보며 미간을 찌푸린 순간.

"아……."

윤태수 또한 무언가를 깨달았는지 탄성을 흘렸다. 백종화가 윤태수를 보고 물었다.

"뭔데?"

윤태수는 대답 대신 증폭을 발동시키며 신혁돈이 날아간 반대 방향으로 달려 나갔다.

"…뭐야, 도대체."

두 사람이 양쪽으로 달려간 사이, 파도 소리조차 들리지 않던 바다에서 파도치는 소리가 들리기 시작했다.

광원을 쫓아 가까이 왔던 브리아레오스가 다시 움직이기 시작한 것이다.

일행이 긴장하며 침을 삼켰다.

"멀어진다……."

거대한 무언가가 물을 가르며 움직이는 소리가 점점 멀어졌고, 파도도 잦아들기 시작했다.

파도가 완전히 잦아들 때쯤, 신혁돈과 윤태수가 돌아왔다.

돌아온 윤태수가 신혁돈을 바라보며 말했다.

"200미터도 안됩니다."

"높이도 마찬가지다."

말을 뱉은 신혁돈이 헛웃음을 흘렸고, 윤태수 또한 안도의 한숨을 흘렸다.

두 남자만이 이해하는 사이, 답답해진 백종화가 말했다.

"뭡니까? 브리아레오스가 아닌 겁니까? 아, 좀 같이 좀 압시다!"

신혁돈은 방금과는 반대되게 여유를 되찾은 표정으로 입을 열었다.

*   *   *

윤태수가 고개를 끄덕였고 신혁돈은 방금과는 반대되게 여유를 되찾은 표정으로 입을 열었다.

"저건 브리아레오스가 아니다."

신혁돈이 찾은 단서.

이곳은 아이가투스의 여섯 번째 차원이다.

브리아레오스는 마왕의 차원문에 속할 정도로 약한 괴물이 아니며, 만약 속한다 해도 여덟 번째 이후에 나와야 난이도가 맞는다.

인간이 정복했던 일곱 번째 차원문의 난이도와 브리아레

오스를 비교하자면 브리아레오스가 몇 배는 강력하다.

그렇다면 밸런스가 파괴되었다거나 혹은 저 괴물이 브리아레오스가 아니라는 뜻이 된다.

둘 중 밸런스가 파괴되었을 가능성은 없다.

그렇다면 브리아레오스가 아니라는 소리.

신혁돈이 당당한 목소리로 말하자 백종화가 물었다.

"팔을 보셨다 하지 않으셨습니까?"

"맞아. 하지만 제대로 된 브리아레오스가 아니다. 브리아레오스가 무서운 이유는 물의 이능을 사용한다는 점도 있지만 여덟 개의 팔에서 나오는 파괴력이 무서운 것이다. 한데 이 공간의 크기는 브리아레오스가 팔을 뻗기도 모자라다. 마왕이 멍청이가 아닌 이상 브리아레오스를 제대로 움직이지도 못할 공간에 집어넣진 않았겠지."

그것을 확인하기 위해 신혁돈이 직접 날아가 공간의 크기를 확인한 것이다.

신혁돈이 말한 것, 즉 브리아레오스의 공격 반경을 들었던 윤태수 또한 그의 의중을 파악하고 반대편으로 달려가 확인을 한 것이고.

"그렇다면… 저건 뭡니까?"

"우리가 사냥할 괴물."

방금과는 다른 자신감을 찾은 목소리.

신혁돈이 강한 자신감을 내보이자 불안감에 휩싸여 있던

이들 또한 자신감을 되찾고 있었다.

"어떻게 말입니까?"

"지금부터 알아봐야지."

신혁돈은 브리아레오스가 사라진 곳을 바라보며 백종화에게 말했다.

"내 몸에 광원을 붙일 수 있나?"

"음… 형님의 에르그 에너지로 유지되는 광원은 힘듭니다."

그때 겁에 질린 표정을 하고 있던 이서윤이 고개를 휘휘 젓고선 말했다.

"그건 제가 가능해요."

이서윤은 메고 있던 가방에서 종이 한 장을 꺼내들었다.

그리곤 준비해온 도구를 사용해 종이 위에 마법진을 그리기 시작했고 얼마 후 복잡한 마법진이 새겨진 종이를 신혁돈에게 건넸다.

"일회용이긴 하지만 30분은 갈 거예요. 사용법은 에르그 에너지를 조절하는 방식으로 이루어지니까 몇 번 써보면 감이 올 거고요."

신혁돈은 고개를 끄덕인 뒤 종이를 받아 에르그 에너지를 불어넣어 보았다.

그러자 종이는 보이지 않는 불이라도 붙은 듯 와그작 구겨졌고, 그와 동시에 전방을 향해 빛을 뿜기 시작했다.

종이를 든 채 이리저리 빛을 비추어 보던 신혁돈이 말했다.

"괜찮군."

직선으로 200미터가량은 환하게 비추어주었다. 에르그 에너지를 많이 주입할수록 더욱 밝게 빛났다.

신혁돈은 랜턴을 든 채 백종화에게 말했다.

"1분 간격으로 광원을 밝혀라."

"등대처럼 말씀이십니까?"

"맞아."

시계가 제대로 확보되지 않은 상태에서 정찰을 하러 갔다가는 레스팅 포인트를 잃기 십상이다.

그렇기에 등대 역할을 할 수 있는 광원을 설치해 두는 것이다.

"알겠습니다."

백종화의 대답을 들은 신혁돈은 어깨에 붙어 있던 도시락을 손으로 옮겨든 뒤 말했다.

"너도 들었겠지만 거대한 괴물이 있다. 너의 목표는 그 괴물의 시선을 끄는 거다. 무슨 능력을 사용할지 모르기 때문에 교전은 절대 금지다. 알았지?"

"까악."

짧게 울어 대답한 도시락이 하늘로 솟구쳐 오르며 원래의 크기로 돌아갔다. 신혁돈은 도시락의 뒤를 따라 하늘로 날아오르며 말했다.

"그럼 다녀오지."

"조심히 다녀오십시오."

소형 헬기가 날아오르는 것과 비슷한 소리를 내며 신혁돈이 날아올랐고 얼마 지나지 않아 그의 신형은 안개 속으로 사라져 버렸다.

"빛만 보이네……."

이서윤이 만들어준 랜턴만 안개 속에서 희끗하게 보일 뿐이었다.

신혁돈과 도시락이 날아간 방향을 바라보던 일행은 곧 레스팅 포인트 설치를 시작했다.

*   *   *

랜턴의 빛줄기가 안개를 뚫고 수면을 비추었다. 흐르는 물이 아닌 고인 물이었기에 파도라 부르기 힘든 잔물결만 조금씩 치고 있었다.

하지만 가끔씩 파도라 부를 만한 거센 물결이 치는 것을 보면 브리아레오스가 움직이고 있다는 것을 짐작할 수 있었다.

'진짜 바다 같군.'

사방이 막혀 있는 구조물이라고는 생각하기 힘들 정도로

넓은 물웅덩이가 펼쳐져 있었다. 게다가 자욱한 해무 덕에 바로 옆에서 날고 있는 도시락의 모습조차 제대로 보이지 않았다.

한 3분 정도 날았을까.

그으으으으웅―

처음 집중하며 들었던 알 수 없는 생물의 울음소리가 신혁돈의 바로 아래서 울렸다.

신혁돈은 테이밍 스킬을 통해 도시락에게 신호를 보낸 뒤 랜턴으로 발아래를 비추어 보았다.

'…맙소사.'

그곳엔 브리아레오스가 있었다.

새파란 피부.

인간 남자와 비슷하게 생긴 얼굴과 머리카락 한 올 없는 머리. 그리고 우람한 어깨에 달린 여덟 개의 팔. 하반신은 물에 잠겨 있는 것이 브리아레오스와 완벽히 똑같았다.

유일하게 다른 점은 크기였다.

'…작다.'

신혁돈이 사진과 동영상으로 보았던 브리아레오스는 크기 하나만으로 사람을 압도할 정도의 위압감을 내뿜는다.

하지만 이 괴물은 다르다.

기껏해야 20미터 정도.

물론 상상을 초월하는 크기긴 했지만, 원래의 1/10밖에 되지 않는 크기. 싸우지 못할 정도는 아니다.

그으으응—

그으으으으응—

신혁돈의 귀를 거스르는 소리는 브리아레오스의 숨소리인 듯했다.

브리아레오스의 가슴이 높아졌다 낮아졌다 할 때마다 그 으응거리는 소리가 신혁돈의 고막을 울렸다.

'아직 날 발견하지 못한 건가?'

저번 삶, 신혁돈은 차원문 사냥에 빠져 있었기에 브리아레오스 토벌 작전에 참가하지 않았었다.

그래서 동영상과 사진으로밖에 보지 못했고, 브리아레오스에 대한 특성은 이론으로 들은 게 다였다.

브리아레오스의 특징 중 가장 큰 것은 물을 다룬다는 것이다.

물 위에 있는 모든 것의 위치를 읽고 여덟 개의 팔로 각기 다른 타깃을 공격하는 방식이 워낙 까다롭다 했었다.

머리 위 50미터 상공을 날고 있는 자신의 날갯짓 소리를 못 들었을 리 없다.

'귀가 안 좋은가?'

신혁돈은 조금 더 과감하게 고도를 낮추었다.

30미터가량의 거리가 남았을 때.

가만히 있던 브리아레오스의 머리가 천천히 움직여 시선

을 하늘로 던졌다.

충분히 피할 시간이 있었지만 신혁돈은 시선을 피하지 않은 채 거리를 유지하며 도시락에게 지시했다.

'브리아레오스의 등 뒤로 이동해라.'

곁눈질로 도시락이 움직이는 것을 확인한 신혁돈은 다시 브리아레오스를 바라보았다.

그리고 괴물의 고개가 완전히 들린 순간 눈동자와 흰자 구분할 것 없이 새파란 눈이 신혁돈의 눈과 마주쳤다.

그 순간.

신혁돈은 누군가 자신의 발목을 쥐고 심해로 끌어당긴 듯한 느낌을 받았다.

턱하니 숨이 막히고, 눈앞을 밝히던 빛이 서서히 멀어지며 시각을 잃어가는 공포가 찾아온 순간.

[정신의 벗 효과가 발동됩니다.]

[정신 공격 '심해의 공포' 저항에 성공하셨습니다.]

두 개의 메시지가 떠올랐다.

그와 동시에 신혁돈의 정신을 갉아먹던 심해의 공포가 사라졌다.

그리고 바람을 가르는 소리가 신혁돈의 정신을 깨웠다.

후우우웅!

'양쪽!'

어느새 브리아레오스가 두 개의 팔을 뻗어 자신을 움켜쥐려 하고 있었다.

위로는 피할 수 없다.

그렇다면.

'공격!'

신혁돈은 뒤로 물러서지 않고 워해머를 뽑아든 채 브리아레오스의 머리를 향해 달려들었다.

그와 동시에 도시락 또한 괴물의 허리를 들이받았다.

쿠웅!

쾅!

신혁돈의 공격이 브리아레오스의 미간에 적중했다. 도시락의 몸통 박치기 또한 브리아레오스의 허리를 때렸고 거대한 브리아레오스의 몸이 휘청였다.

'통한다!'

브리아레오스의 미간을 밟고 선 신혁돈이 다시 한 번 워해머를 높이 치켜든 순간.

후우우우웅!

거대한 무언가가 바람을 가르는 소리가 들려왔다.

보지 않아도 알 수 있다.

신혁돈은 바로 공격을 포기하고 바다로 몸을 던졌다.

후웅!

후우웅!

신혁돈을 놓친 브리아레오스의 손이 기이한 각도로 휘어지며 쏘아지고 있었다.

손가락에 달린 다섯 개의 문어발들은 스스로 의지를 가진 생명체처럼 집요하게 신혁돈을 노렸다.

'너무 많아.'

힐끗 본 도시락 또한 네 개의 손에 휩싸여 고전을 면치 못하고 있었다.

손가락 하나만 하더라도 1미터가 넘는 길이. 스치기만 하더라도 뼈가 아작 나 죽을 것이 분명하다.

'이대론 승산이 없다.'

이 정도면 정찰은 훌륭히 완수했다 볼 수 있다.

"위로!"

판단을 내린 신혁돈은 곧바로 도시락에게 소리치며 곧바로 고도를 올렸다. 도시락 또한 간신히 브리아레오스의 손들을 피하며 고도를 높여 하늘 높이 솟구쳤다.

그 순간.

"그아아아아아아!"

브리아레오스의 포효가 공동 전체를 크게 울렸다.

바다의 표면이 춤을 추고 공동의 천장에서 돌가루들이 떨어져 내렸다.

이러다 무너지는 게 아닐까 하는 생각이 들 정도.

다행히도 지진과도 같은 포효는 곧 멈추었다.

그 대신 바다에서 물기둥이 솟구쳐 오르기 시작했다.

"…오."

마치 동양 신화의 나오는 용과 같은 모습을 한 물기둥은 직선으로 솟구쳐 올라 천장을 때렸다.

우르르르릉!

물기둥을 피하는 것이 어렵진 않았지만 어마무시한 파괴력에 감탄이 절로 나왔다.

몇 개의 물기둥을 더 쏘아 올린 브리아레오스는 자신의 공격이 통하지 않았다는 것을 깨닫고 다시 분노하기 시작했다.

그사이 신혁돈이 도시락에게 말했다.

"돌아간다."

＊   ＊   ＊

레스팅 포인트를 설치한 이들은 바닷가에 일렬로 서서 바다를 바라보고 있었다.

"그 괴물, 제대로 보신 분 있나요?"

김민희가 물었지만 괴물에 대해 대답하는 사람은 없었다.

대신 농담을 던지는 사람은 있었다.

"별로 보고 싶지 않은데."

윤태수의 말에 김민희가 자기도 모르게 고개를 끄덕였다.

팔이 여덟 개 달린 푸른 피부의 거인이라니.

상상만으로도 끔찍하다.

"맞으면 아프겠죠?"

"죽지."

"전 안 죽잖아요."

"아플 새도 없이 뇌가 파괴될 거니까 아프진 않을 거다."

"…참으로 힘이 되는 조언 감사해요."

윤태수와 김민희가 농담을 나누던 그때.

"그어어어어어!"

지축을 울리는 웅장한 포효 소리가 터져 나왔다.

"꺄아!"

"으억!"

순간 바다가 출렁이며 거센 파도가 몰아쳤고 바닷가에 가장 가까이 서 있던 홍서현은 파도를 뒤집어쓰고 말았다.

"거, 새끼, 기차 화통을 삶아먹었나 목소리 한번 우렁차네……."

얼마나 놀랐는지 공동 입구까지 도망쳤던 고준영이 머쓱한 얼굴로 괜히 욕을 하며 다시 걸어왔다.

그리곤 쫄딱 젖은 홍서현을 발견하고서는 그녀에게 다가 갔다.

홍서현은 물 맞은 생쥐 꼴을 하고 쪼그려 앉아 바닥을 바라보고 있었는데, 그 모습을 바닷물을 맞아 속이 상한 것이라 생각한 고준영이 말을 건네려는 순간.

홍서현이 벌떡 일어서며 뒤로 돌았다.

"이거, 뼈죠?"

그녀의 손에는 새하얗고 기다란 무언가가 들려 있었다.

고준영은 자연스럽게 괜찮냐는 말을 삼키며 그녀의 손에 들려 있는 것에 시선을 던졌다.

"사람 거라고 보기에는 크기가 좀 크긴 한데 뼈가 맞는 것 같습니다. 어디서 나신 겁니까?"

"방금 파도에 떠밀려 왔어요."

뼈를 살피기 위해 홍서현의 근처로 길드원들이 모인 순간.

"그어어어어어어"

다시 한 번 웅장한 포효가 울렸고 뒤이어 무언가가 터지는 듯한 소리가 들려왔다.

"혁돈 형님… 무사하겠지 말입니다."

"그럼. 제명에 못 죽을 양반 걱정할 필요 없다."

윤태수는 애써 태연한 척 말하며 홍서현이 들고 있는 뼈를 건네받으며 살폈다.

"이게 무슨 뼈지?"

다들 별말 없을 때 이서윤이 말했다.

"대퇴골이에요. 골반 아래 엉덩이 관절부터 무릎 관절 사이를 이어주는 뼈죠. 허벅지 뼈라 생각하시면 돼요. 인간의 거라고 보기엔 너무 크고, 관절 이음부 자체도 조금 달라요 인간형 괴물의 것일 가능성이 커 보이네요."

이서윤의 설명이 끝나자 고준영이 말했다.

"…오, 오랜만에 전문가 같습니다."

"시끄럽고… 이게 왜 여기 있을까요?"

"브리아레오스가 먹은 거 아닐까요? 어쨌거나 브리아레오스가 여기 있다는 것은 누군가 데려다 놓았다는 거고, 결국 저것도 생물인 이상 누군가 밥을 줘야 하잖아요. 이를테면… 우리 같은……."

기본적인 추론을 이어가던 김민희가 말꼬리를 흐렸다. 그리곤 홍서현을 바라보며 말했다.

"가이아가… 우리를… 브리아레오스의 먹이… 같은 걸로 주기 위해 보낸… 그런 건 아니… 아니겠죠?"

김민희의 말을 들은 모든 길드원의 시선이 홍서현에게로 향했다.

김민희의 물음에 홍서현은 헛웃음을 흘렸다.

"그걸 지금 질문이라고 하는 거예요? 당연히 아니죠. 당신들도 알잖아요. 가이아님은 지구의 신이에요. 마신 그리드의 침공을 막기 위해 '시스템'을 만들어 약해빠진 인간들이 괴물에 대응할 힘을 준 장본인이라구요."

홍서현이 열변을 토했지만 그녀를 바라보는 김민희의 시선에는 불신이 서려 있었다.

그녀의 눈빛을 읽은 홍서현이 안개로 휩싸인 바다를 가리키며 말을 이었다.

"이걸 가이아님이 만들었다? 브리아레오스를 키우기 위해? 그게 가당키나 한 소린가요?"

그때 윤태수가 김민희와 홍서현 사이로 끼어들며 양손을 뻗어 두 사람을 제지했다.

"자, 자, 우리끼리 싸울 때가 아닙니다."

윤태수는 김민희에게 검지를 편 손을 내밀며 말했다.

"어쨌거나 확실한 것은 가이아는 우리를 돕고 있다는 거야. 가이아의 목소리 덕에 우리는 아이가투스의 차원을 발견할 수 있었고, 다른 이들보다 빠르게 강해질 수 있었지. 만약 가이아가 우리의 편이 아니라면 이런 혜택을 줄 이유가 없지 않겠어?"

윤태수가 자신의 편을 들어주자 조금은 화가 풀린 홍서현이 팔짱을 낀 채 한 걸음 뒤로 물러섰다.

"민희도 다른 생각이 있어서 그런 건 아닐 겁니다. 그렇지?"

김민희가 천천히 고개를 끄덕였고, 윤태수는 바닥에 두었던 뼈를 다시 주워들며 말을 이었다.

"다시 한 번 말씀드리지만 이 뼈가 왜 여기 있는지가 중요한 게 아닙니다. 브리아레오스라는 괴물을 잡을 방법이 중요한 거죠. 그건 다들 동의하죠?"

김민희는 윤태수의 말에 고개를 끄덕인 뒤 홍서현을 바라보았다. 그녀는 여전히 팔짱을 낀 채 바다를 보고 있었다.

김민희는 머리를 한 번 쓸어 올린 뒤 홍서현에게 다가가 말했다.

"너무 생각 없이 말해서 미안해요……."

"그럴 수도 있죠."

그때, 멀리서 세뿔가시벌레의 날갯짓 소리가 들리기 시작했고 모든 이들의 시선이 바다 위의 하늘로 향했다.

"오시는군."

곧 신혁돈과 도시락이 레스팅 포인트로 내려왔다. 그러자 윤태수가 그에게 다가가며 물었다.

"어떻습니까? 브리아레오스가 아닙니까?"

신혁돈이 고개를 끄덕인 뒤 말했다.

"브리아레오스였다면 살아 돌아오지 못했겠지. 물의 권능조차 제대로 쓰지 못하는 가짜다. 생긴 것은 비슷하지만 본질이 달라."

신혁돈은 자신이 본 브리아레오스의 생김새를 설명해주었다.

"20미터라… 작진 않지만 그래도 200미터보다는 훨씬 낫네요."

"여덟 개의 팔과 각자 다섯 개의 손가락이면… 어떻게 공략해야 합니까?"

질문을 들은 신혁돈이 세뿔가시벌레 몬스터 폼을 푼 뒤 몰맨의 손톱 한 가닥을 뽑고선 한쪽 무릎을 꿇고 앉았다.

그리곤 몰맨의 손톱을 이용해 그림을 그리기 시작했다.

직사각형의 네모를 크게 그린 뒤 그 안에 그들의 레스팅 포인트가 있는 구역을 그려 넣었다.

그리곤 설명을 시작했다.

"우리가 있는 곳은 여기, 우리의 활동 범위는 이만큼이다. 나머진 다 바다, 즉 브리아레오스의 활동 영역이지."

신혁돈의 말에 모두가 고개를 끄덕였다.

공간 전체를 100%로 치자면 패러독스가 움직일 수 있는 공간은 10% 정도밖에 되지 않는다.

이번 공략의 가장 큰 포인트는 움직일 수 있는 공간을 확보하는 것이다.

그래서 신혁돈이 선택한 방법.

"레스팅 포인트 앞 바다에 발판을 만든다. 그리고 브리아레오스를 유인해온 뒤 이곳에서 끝을 낸다."

"발판… 말입니까?"

아무리 얕은 바다라 한들 브리아레오스의 하반신이 잠길 정도, 즉 수심이 10미터는 된다는 것이다. 그런 곳에 발판을 만들려 한다면 시멘트로 공사를 쳐야 할 것이다.

차원문 내에서 무슨 수로 시멘트를 구한단 말인가.

신혁돈의 말을 이해하지 못한 윤태수가 되물었다.

"…무슨 수로 발판을 만듭니까?"

신혁돈은 대답 대신 백종화와 안지혜를 가리켰다.

"지주. 아무리 바다라 한들 바닥은 있을 것이고, 그 땅에 지주를 만들면 된다. 할 수 있나?"

신혁돈에게 질문을 받은 안지혜와 백종화가 서로를 바라보았다. 해보지 않아서 모르지만 불가능한 일은 아닐 것 같았다.

"10미터가 넘고, 사람이 밟고 다닐 수 있을 정도의 발판 말입니까?"

"맞아. 크기가 클 필요는 없다. 사람 하나가 밟고 설 수 있을 정도면 되니까."

백종화는 윤태수의 발을 바라보며 말했다.

"가로세로 50㎝ 정도라… 그 정도면 가능할 것 같기도 합니다. 지혜, 너는 어때?"

"높이가 문제지만… 그 정도라면 만들 수 있을 것 같아요."

신혁돈은 고개를 끄덕인 뒤 말했다.

"해보자."

"네."

백종화와 안지혜가 해안가로 나가선 정신을 집중하기 시작했다. 두 사람의 몸속에서 에르그 에너지가 날뛰기 시작했고, 얼마 지나지 않아 안지혜가 먼저 소리쳤다.

"솟구쳐라!"

그 순간.

좌아아아악!

바다가 갈라지며 바늘 같은 얇고 긴 기둥이 솟구쳐 올랐다.

"오……."

돌기둥은 하늘 높은 줄 모르고 솟구쳤고 천장에 닿기 직전이 되어서야 성장을 멈추었다.

"…과한데?"

윤태수의 말대로 너무 과했다.

"하하… 생각보다 바다가 깊지 않아요. 그리고 공간 자체의 에르그 에너지가 풍족하다 보니 이렇게 되었네요."

어색하게 웃고 있는 안지혜에게 신혁돈이 말했다.

"각성의 힘이다."

"아, 그러네요. 어쩐지 전보다 쉽더라니."

안지혜는 들고 있던 지팡이를 만지작거린 뒤 말했다.

"다시 해볼까요?"

"아니, 일단 디스펠시키고, 새로 만들지."

"예."

그때부터 발판을 만드는 작업이 시작되었다.

신혁돈은 사냥을 위해 가장 이상적인 동선을 짜며 발판의 위치를 조절했고, 백종화와 안지혜는 그의 말을 따라 발판을 설치했다.

거의 스무 개가 넘는 발판을 설치했을 때. 두 사람은 새하얘진 얼굴로 말했다.

"조… 조금만 쉬었다 합시다."

안지혜 또한 힘없는 얼굴로 고개를 끄덕이며 바닥에 주저앉았다.

백종화 또한 더는 할 수 없다는 듯 그녀의 옆에 털썩 앉았고 그 모습을 본 신혁돈이 물었다.

"에르그 에너지 소모가 커서 그런가?"

"예, 에르그 에너지가 다시 찰 때까지 시간이 필요하니 잠시만 쉬……."

신혁돈은 백종화의 말이 끝나기도 전에 둘에게 다가가 어깨에 손을 얹었다.

그리고 자신의 에르그 에너지를 주입해 주었다.

방금까지만 해도 텅텅 비어 바닥을 보이던 에르그 에너지가 몸속 가득 차오르는 것을 확인한 두 사람의 얼굴이 찌푸려졌다.

"이제 됐나?"

"이건 반칙 아닙니까?"

"뭐가."

"…아닙니다."

신혁돈에게 에르그 에너지를 주입받은 두 사람이 다시 일어나 뒤에서 쉬고 있는 이들을 바라보았다.

발판을 만드는 일은 두 사람밖에 할 수 없었기에 나머지 사람들은 할 일이 없어 앉아 있었다.

"형님, 파이팅입니다!"

윤태수가 생글생글 웃는 낯으로 응원을 하자 백종화는 조용히 가운뎃손가락을 올려준 뒤 다시 발판 작업을 시작했다.

*　　　　　*　　　　　*

발판 작업에만 이틀이 소요되었다.

만든 발판은 총 240여 개.

"…장관이네."

레스팅 포인트의 바다엔 1미터에서 10미터까지 높이별로 날카로운 지주가 세워져 있었고 지주의 끝에는 사람이 딛고 뛸 수 있도록 넓적한 발판이 만들어져 있었다.

"완벽해."

장관을 만들어낸 두 사람은 지친 기색이 역력하긴 했지만 자신들이 만들어낸 장관을 바라보며 흡족한 미소를 짓고 있었다.

"그럼 시작하지."

작전은 간단하다.

신혁돈과 도시락이 브리아레오스를 유인해 오면 나머지 밀리 계열 능력자들과 신혁돈이 발판을 이용해 브리아레오스와 전투를 벌인다.

가까이서 시선을 끄는 동안 이능 계열의 백종화와 안지혜, 이서윤과 홍서현이 후방에서 지원하고, 상대적으로 기동성이 부족한 김민희가 그들을 지키는 방패가 된다.

패러독스 길드원들이 모든 작전을 숙지한 것을 확인한 신혁돈이 세뿔가시벌레 몬스터 폼을 발동시키며 말했다.

"다녀오지."

말을 마친 신혁돈이 하늘 높이 날아올랐고, 거대해진 도시락이 그의 뒤를 따랐다.

드드드드!

신혁돈의 날갯짓 소리가 공간 전체를 울렸다.

브리아레오스를 찾기 위해 바다의 상공을 난 지 3분여.

촤아아아!

물이 갈라지는 소리와 함께 신혁돈의 발밑으로 물기둥이 솟아올랐다.

신혁돈은 재빨리 옆으로 날았고 물기둥은 애꿎은 천장을 때렸다.

그어어어어어!

그와 동시에 신혁돈의 발밑에서 브리아레오스의 포효가

울려 퍼졌다.

'저기다!'

신혁돈은 곧바로 도시락에게 브리아레오스의 등 뒤로 움직이라 신호를 보내며 자신은 괴물의 머리를 향해 날았다.

고도를 낮추자 브리아레오스의 시퍼런 몸체가 눈앞에 가득 들어왔다.

후웅!

신혁돈이 공격 범위에 들어오자마자 여덟 개의 팔이 신혁돈을 쫓아 허공을 갈랐다.

그어어어!

신혁돈이 세뿔가시벌레 특유의 날갯짓을 통해 모든 공격을 피한 순간.

화르르륵!

도시락이 브리아레오스의 등에 불덩이를 뱉었다.

"크어어!"

브리아레오스가 고통에 찬 포효를 뱉은 순간, 도시락과 신혁돈이 레스팅 포인트를 향해 도망치기 시작했다.

전력을 다해 도망치면 브리아레오스가 쫓아오지 못할 것이 분명했기에 도시락을 시켜 중간중간 불덩이를 뿜게 했고, 덩치가 큰 탓에 불덩이를 피하지 못한 브리아레오스는 분노에 찬 기성을 지르며 도시락의 뒤를 따랐다.

촤아아아악!

쿵! 쿵!

브리아레오스는 걷다 못해 뛰기 시작했고 도시락과 신혁돈을 향해 물기둥을 쏘아 올렸지만 단 한 발도 맞추지 못했다.

곧, 신혁돈의 눈앞에 수많은 돌기둥이 보이기 시작했다.

"온다!"

마찬가지로 돌기둥 위에 서 있던 밀리 계열 공격진 또한 날아오는 신혁돈과 그의 뒤를 따라 오고 있는 브리아레오스를 발견하곤 소리쳤다.

브리아레오스는 처음 보는 돌기둥들은 신경도 쓰지 않은 채 레스팅 포인트가 있는 해안가까지 달려들었고 그 순간 신혁돈이 소리쳤다.

"지금이다!"

"솟아나라!"

"솟구쳐라!"

안지혜와 백종화가 동시에 돌로 된 벽을 일으켜 세웠다.

순식간에 30미터가 넘는 돌벽이 브리아레오스의 퇴로를 막았고, 그 순간 브리아레오스를 유인하며 여기까지 날아온 신혁돈이 천장에 닿을 듯 높이 솟구쳤다. 그리고 제일 높은 고도에 닿았을 때, 브리아레오스의 머리 위로 떨어져 내렸다.

"죽어라!"

콰앙!

굉음과 함께 브리아레오스의 거대한 몸이 출렁였다.

그와 동시에 사방에서 공격이 시작되었다.

윤태수는 특유의 빛의 날개를 뿜으며 브리아레오스의 팔을 잘라내기 위해 움직였고 이남정과 떨거지 삼인방 또한 브리아레오스의 팔을 노렸다.

순간 핀치에 몰린 브리아레오스는 자신의 팔을 사방으로 휘두르며 물의 이능을 사용해 수많은 물기둥을 일으켰다.

촤아아아악!

순식간에 용솟음친 물기둥들에 시야가 가려진 순간, 브리아레오스의 팔의 공격 범위에 휘말린 기둥들이 우르르 무너져 내렸다.

패러독스들이 공격에 휘말리지 않도록 뒤로 물러설 때, 신혁돈이 홀로 브리아레오스를 향해 달려들었다.

자신에게 날아오는 신혁돈을 발견한 브리아레오스가 팔을 휘둘렀지만, 신혁돈은 피하지 않고 워해머로 맞받아쳤다.

마치 문어발 같이 생긴 다섯 개의 손가락이 신혁돈에게 닿기 직전.

콰직!

"그어어어어!"

[뼈를 부수는 자가 발동되었습니다.]

[뼈를 부숨으로 2배의 공격력이 적용됩니다. 다음 공격으로 뼈를 부술 시 4배의 공격력이 적용됩니다.]

신혁돈을 노리던 브리아레오스의 손가락뼈가 박살 나며 뼈를 부수는 자의 위해머 특성이 발동되었다.

'2배!'

그렇다면.

신혁돈에게 불의의 일격을 당한 브리아레오스가 화들짝 놀라며 손을 거두었다. 하지만 한 번 잡은 기회를 놓칠 신혁돈이 아니었다.

신혁돈은 손을 향해 따라붙으며 다시 한 번 위해머를 휘둘렀고 손가락뼈가 박살 난 손의 팔목을 후려칠 수 있었다.

뼈걱!

[뼈를 부수는 자가 발동되었습니다.]

[뼈를 부숨으로 4배의 공격력이 적용됩니다. 다음 공격으로 뼈를 부술 시 8배의 공격력이 적용됩니다.]

'8배!'

2배 증가된 공격력으로 손을 부쉈다.

4배로는 손목을 부술 수 있다.

'그렇다면……!'

순식간에 계산을 끝낸 신혁돈이 브리아레오스의 손목을 향해 달려들었다.

브레아리오스를 향해 달려드는 신혁돈의 얼굴엔 승리를 직감한 듯, 평화로운 미소가 걸려 있었다.

                    *   *   *

뻐걱!

엄청난 소리와 함께 브리아레오스의 손목이 꺾일 수 없는 각도로 꺾였다.

"그어어어어!"

그 순간.

[자신보다 월등히 강한 이의 뼈를 일격에 부수었습니다.]

[뼈를 부수는 자의 워해머가 성장 조건을 충족해 성장합니다.]

['네 번째 공격으로 연속해서 뼈를 부술 시 16배의 공격력이 적용됩니다.' 옵션이 추가되었습니다.]

메시지와 함께 신혁돈의 손에 들린 워해머의 헤드가 붉은 빛에 휩싸였다.

이미 8배의 공격력을 확보한 상황, 이 정도라면 일격에 어깨뼈, 혹은 갈비뼈 같은 중요한 뼈를 부술 수 있을 것이다.

그때, 브리아레오스가 다른 이들을 공격하던 손을 모두 거두어 신혁돈을 향해 내려쳤고, 재빨리 세뿔가시벌레의 날개를 펼친 신혁돈은 공격 범위를 벗어났다.

촤아아아악!

신혁돈을 놓쳐 분노한 브리아레오스는 기성을 질러대며 물의 이능을 발현했다.

높은 파도가 일어나며 신혁돈을 덮쳤고, 브리아레오스의 모든 팔이 신혁돈에게로 향한 순간.

"총 공격!"

브리아레오스의 허점을 발견한 패러독스 길드원들의 공격이 무방비 상태인 괴물의 몸에 쏟아졌다.

콰콰콰쾅!

단 한 번의 총 공격으로 브리아레오스를 쓰러뜨릴 순 없었으나 누적된 대미지를 무시할 순 없었는지 브리아레오스의 거구가 휘청거렸다.

"그오오오오!"

자신의 손가락만 한 인간들의 공격에 휘둘리자 브리아레오스는 모든 팔을 거두어들인 뒤 방어에 치중하기 시작했다.

뼈가 부러져 버린 팔 하나를 제외한 일곱 개의 팔이 윤태수와 떨거지 셋, 이남정과 골렘을 마크했고, 나머지 하나의 손과 물의 이능은 신혁돈을 마크했다.

마치 머리가 두 개라도 되는 듯 모든 팔과 이능이 따로 움직이며 패러독스 길드원들의 공격을 모두 무마시켰다.

　특히 신혁돈에게는 절대 거리를 주지 않겠다는 듯 물의 이능을 통해 원거리 견제만 하고 있었다.

　날아다니는 신혁돈의 특성을 간파한 것인지 일점 타격이 아닌 파도를 일으켜 신혁돈의 접근 자체를 막는 수비 방식에 신혁돈은 거리를 좁히지 못했다.

　시간이 지날수록 워해머의 헤드에 돌고 있는 붉은 빛이 점점 사그라들고 있었다.

　8배 공격력 버프가 점점 줄어들고 있다는 뜻.

　'기회를 놓칠 순 없다!'

　브리아레오스는 이미 한 번 당한 공격에 두 번 당할 정도의 멍청이가 아니다. 그렇다는 것은 8배의 공격력을 다시 확보할 기회가 있을 것이라 장담할 수 없다는 소리.

　'방법을 찾아야 한다.'

　빛이 사그라드는 속도를 보아 남은 시간은 기껏해야 30초.

　신혁돈은 최대한 거리를 벌린 뒤 고도를 높였다.

　브리아레오스의 정수리가 보일 정도로 고도를 높인 신혁돈은 도시락에게 명령했다.

　'어떻게든 시선을 끌어라.'

　"까아악!"

　신혁돈의 의지가 전달된 순간, 도시락이 크게 기성을 지르며 허공에 불을 뿜었다.

진화와 테이밍 레벨의 상승, 그리고 저번 차원문에서 세뿔 가시벌레의 고기를 원 없이 포식한 도시락은 전보다 강하고 영리해졌다.

허공에 불을 뿜어 시선을 끌어낸 도시락은 곧바로 브리아 레오스를 향해 돌진했다.

하나의 팔로는 도시락을 막을 수 없을 것이라 판단한 브 리아레오스는 신혁돈을 견제하고 있던 물의 이능을 끌어와 물기둥을 일으켰다.

끝이 창처럼 뾰족한 물기둥이 도시락을 향해 회오리치며 쏘아졌다.

그 순간 도시락의 거대한 몸이 배럴 롤을 선보였다.

몸을 컴퍼스의 축이 아닌, 펜의 위치에 두고 크게 원을 그 리며 한 바퀴를 도는 전투기의 기동 방식이며 술통을 굴리 는 듯한 움직임이라 하여 배럴 롤이라는 이름이 붙은 기술 이었다.

가르쳐 준 적도 없는 배럴 롤을 통해 모든 물의 창을 피 해낸 도시락은 곧바로 브리아레오스의 복부에 부리와 발톱 을 박아 넣었다.

"까아아아아악!"

그때, 윤태수를 상대하고 있던 브리아레오스의 팔과 신혁 돈을 견제하던 팔이 도시락에게로 쏘아졌다.

그 순간 신혁돈이 브리아레오스의 정수리를 향해 떨어져
내렸다.

"그어어어!"

머리 위에서 느껴지는 강대한 힘에 당황한 브리아레오스
는 몸을 움직였지만 이미 떨어지기 시작해 가속이 붙은 신
혁돈의 워해머를 피할 수 없었다.

브리아레오스는 간신히 고개를 틀었지만 신혁돈은 이미
정수리 위에 도착해 있었다.

콰직!

종이 한 장 차이로 신혁돈의 워해머가 브리아레오스의 귀
를 뜯어내며 어깨를 내리찍었다.

쿠콰앙!

굉음과 함께 브리아레오스의 거구가 휘청거렸다.

하지만 머리를 맞지 않았기에 치명적인 대미지를 입지 않
은 브리아레오스가 손을 뻗어 신혁돈을 털어내려 했다.

"아!"

그 모습을 본 윤태수가 신혁돈을 돕기 위해 몸을 날리려
는 순간.

'어?'

분명 브리아레오스의 정수리를 노렸다가 실패해서 귀를
때린 신혁돈의 얼굴에 미소가 걸려 있었다.

'왜?'

윤태수는 걸음을 망설였고 그 순간.

신혁돈의 워해머가 높이 들리며 신혁돈이 날아올랐다.

"빨갛다."

신혁돈이 들고 있는 워해머의 헤드가 빨갛다 못해 피 칠갑을 한 듯 색이 변해 있었다.

'설마… 그 짧은 순간에 귀를 노려서 공격력을 증가시켰다고?'

신혁돈은 윤태수의 설마가 맞다는 것을 증명하기라도 하는 듯, 브리아레오스의 손을 피하지 않았다.

그 대신 브리아레오스의 찢어진 귀를 향해 달려들었고, 브리아레오스의 손이 신혁돈을 때리기 직전 16배의 공격력이 적용된 신혁돈의 워해머가 찢어져 푸른색 피를 뚝뚝 흘리고 있는 브리아레오스의 머리통을 후려쳤다.

쾅!

촤악!

신혁돈이 후려친 것은 왼쪽 귀다.

한데 브리아레오스의 두 눈과 오른 귀, 그리고 입과 코에서 푸른 피가 흘러나오며 괴물의 전신이 덜덜 떨리기 시작했다.

브리아레오스는 여덟 개의 팔을 모두 올려 자신의 머리를 감싸 쥐었다.

신혁돈은 멀찍이 물러섰고 다른 패러독스의 길드원들 또

한 사방으로 도망쳤다.

첨벙!

촤아아아아!

"끄으… 그어어어… 그아아악……."

브리아레오스는 물에 머리를 박은 채 알 수 없는 신음을 흘려댔다. 괴물이 제대로 움직이지 못하는 것을 확인한 신혁돈이 고도를 높였다.

마무리를 짓기 위해서였다.

그 순간.

브리아레오스가 무릎을 짚고 일어섰다.

그러고는 자신이 걸어온 바다로 돌아가기 위해 걷기 시작했다.

하지만 강한 충격에 눈과 귀를 잃어 방향감각을 상실한 듯 브리아레오스는 제대로 걷지 못했고, 패러독스가 설치해 둔 지주에 부딪히기 시작했다.

"쯧."

괴물이지만, 불쌍한 모습에 윤태수가 혀를 찼고, 그 순간, 신혁돈이 날아들어 브리아레오스의 미간을 후려쳤다.

"끄억!"

신혁돈의 일격에 브리아레오스의 거체가 뒤로 넘어갔고, 그와 동시에 백종화가 소리쳤다.

"솟구쳐라!"

그러자 브리아레오스가 넘어지는 방향에서 날카로운 돌기들이 솟구쳐 브리아레오스의 머리를 부숴 버렸다.

"끝… 인가?"

이남정의 말에 대답하듯, 브리아레오스의 시체 위로 주먹만 한 에르그 코어 세 개가 떠올랐다.

"끝이군."

"후… 만세! 이겼다!"

절대 쓰러지지 않을 것 같았던 물의 거인이 쓰러졌다.

*　　　*　　　*

"근데 왜 에르그 코어가 저렇게 작습니까?"

신혁돈이 만물박사라 생각하는 이남정이 신혁돈에게 물었고 신혁돈은 이남정의 기대를 충족시켰다.

"더 이상 거대해질 수 없는 에르그 코어는 응축되게 마련, 저게 응축된 에르그 코어다."

신혁돈의 말대로 일반적인 에르그 코어보다 훨씬 밝게 빛을 뿜고 있었다.

이남정이 고개를 끄덕이자 신혁돈이 브리아레오스의 등에 떠오른 에르그 코어를 향해 손을 뻗었다.

그러자 세 개 모두 아이템으로 변하기 시작했다.

"오… 오오!"

세뿔가시벌레 여왕이 준 무기를 사용하는 신혁돈이 얼마
나 강해진지를 아는 이들이었기에 자신이 사용할 수 있는
아이템 나오길 기도하기 시작했다.

그리고 하나의 반지, 한 자루의 검, 그리고 수정구가 생겨
났다.

반지를 본 순간 신혁돈의 눈에 수정구와 검 따위는 보이
지 않았다. 검과 수정구를 다른 이들에게 대충 던져준 신혁
돈은 곧바로 푸른색을 띄고 있는 반지를 향해 손을 뻗었다.

물의 벗 [Set]

―물에 대한 저항이 상승합니다.

―물에 관한 스킬이 있을 시 스킬의 위력이 5% 상승합니다.

―물에 관한 모든 생명체들과 우호적인 관계가 형성됩니다.

―하루 한 번 '안개' 스킬을 사용할 수 있습니다.

―성장이 가능합니다.

―조건이 밝혀지지 않았습니다.

불의 벗과 거의 완벽히 같은 능력치였다.

안개 스킬이 어떤 능력치를 발휘하는지 궁금하긴 했지만,
신혁돈에겐 더욱 중요한 것이 있었다.

신혁돈은 능력치를 제대로 살피지도 않은 채 물의 벗을
손에 착용했다.

그 순간 신혁돈의 손에 끼워져 있던 여섯 개의 반지가 환한 빛을 내기 시작했다.

불의 벗과 물의 벗, 숲의 벗과 사막의 벗, 그리고 정신의 벗과 영혼의 벗.

총 여섯 개로 이루어진 모두의 벗 세트가 드디어 완성된 것이다.

반지들이 각각의 색을 환히 빛내기 시작했고 신혁돈의 손에서 시작된 빛은 무지개처럼 높이 솟구쳤다.

신혁돈이 던져준 아이템을 구경하고 있던 이들이 화들짝 놀라며 신혁돈이 쏘아올린 빛으로 시선을 돌렸다.

그 순간 여섯 개의 반지가 마치 물감처럼 신혁돈의 손가락에서 흘러나와 신혁돈의 눈앞으로 이동했다.

신혁돈의 눈앞에서 재롱을 피우듯 이리저리 움직이던 여섯 개의 반지는 곧 하나로 합쳐지기 시작했다.

"오오……."

세트 아이템이 완성되는 것을 처음 보는 이들은 황홀경을 바라보듯 멍한 얼굴로 모두의 벗이 완성되는 것을 바라보고 있었다.

"멋있다… 그런데 저게 뭡니까?"

"그러게… 유니크 아이템을 얻을 때도 저런 이펙트는 본 적 없는데. 세상에… 설마 유니크 위 단계의 등급을 얻으신 건가?"

설마 하던 모두의 눈에 경악이 서렸다.

유니크 아이템 하나만 나타나더라도 모든 이가 눈에 불을 켜고 달려든다.

소유권이 거대 길드에 있지 않는 이상 수많은 이가 탐내며, 유니크를 소유하고 있다는 사실이 알려지기 시작하면 아무리 거대 길드의 사람이라도 피곤해지게 마련이다.

한데, 그 위 등급이라니.

모두가 기대를 안고 신혁돈을 바라보는 사이, 빛의 축제가 끝났고 여섯 개의 반지는 하나의 반지로 합쳐졌다.

여섯 개의 색이 골고루 섞인 반지는 깃털처럼 가볍게 신혁돈의 손가락에 끼워졌다.

모두의 벗 [Set]

─세트 적용 효과

[숲의 벗, 정신의 벗, 영혼의 벗, 불의 벗, 사막의 벗, 물의 벗]

─개별 효과

─모든 벗의 효과가 30% 증가되어 적용됩니다.

─모두의 벗을 착용하고 있는 이상 모든 생명체와 우호적인 관계가 형성됩니다.

─'동화' 스킬이 사용 가능해집니다.

─'동화'

자연에 동화됩니다.

신혁돈의 고개가 모로 꺾였다.

앞으로 만나는 모든 생명체와 대화를 하기도 전에 우호적인 관계를 맺을 수 있다는 것은 엄청난 메리트였다.

사막악어 같은 경우가 다시는 없으리라는 보장도 없으니 좋고, 괴물만 만날 리도 없으니 사람들과 만나 신혁돈이 얻고자 하는 것이 있을 때도 좋을 것이었다.

그런데

'동화?'

모두의 벗 세트 6개를 다 모으는 동안 한 고생을 생각하면 동화 스킬은 유니크 등급의 스킬이라 보아도 무방할 것이었다.

단순히 몸을 숨기는 것이라면 '동화' 라는 거창한 이름이 붙을 필요도 없다.

동화라…….

고민할 필요가 있나.

신혁돈은 브리아레오스의 등을 밟고 선 채 말했다.

"동화."

동화를 발동한 순간, 신혁돈은 세상이 무너져 내리는 듯한 느낌을 받았고 그와 동시에 시야가 점멸했다.

그와 동시에 신혁돈은 마치 액체처럼 변한 몸이 무너지듯 바닥으로 꺼졌다.

"형님!"

당황한 윤태수가 곧바로 스킬을 발동시키며 신혁돈이 서 있던 브리아레오스의 등 위로 뛰어왔지만 신혁돈의 흔적은 어디에도 없었다.

"...형님!"

윤태수가 신혁돈의 이름을 불러보았지만 그의 목소리는 넓은 공동에서 메아리칠 뿐, 어디에서도 대답은 들려오지 않았다.

그 순간.

"그으으으……."

윤태수가 밟고 있던 바닥, 브리아레오스의 몸이 꿈틀하며 잔물결이 생겼다.

"물러서!"

이상한 낌새를 눈치챈 백종화가 윤태수에게 소리쳤고 윤태수는 곧바로 브리아레오스의 등에서 몸을 날려 일행에게 로 돌아왔다.

"...방금 저게 움직인 거 맞지 말입니다."

윤태수의 물음에 백종화는 확실하지 않다는 듯 고개를 저었다. 그러자 이서윤이 팔짱을 낀 채 말했다.

"죽은 다음이라도 사후경직이 오기 전, 뇌에서 전달한 신 호가 근육에 남아 경련을 일으키는 경우가 있어요. 물론 인간과 같은 생물에 한한 경우긴 하지만… 괴물도 뇌가 있고 근육이 있는 생물이니 그럴 가능성도……."

그녀의 말은 끝까지 이어지지 못했다.

"그어어어……."

머리는 반쯤 부서지고 가슴에 굵직한 돌기둥을 박아 넣은 브리아레오스가 기성을 흘리며 몸을 일으키고 있었다.

"…맙소사."

"부… 분명 에르그 코어가 떠올랐는데!"

상식을 뒤엎다 못해 생각을 멈추게 만드는 광경이 패러독스의 눈앞에서 펼쳐지고 있었다.

그런 와중에도 패러독스는 본능적으로 무기를 뽑아든 뒤 혹시 모를 전투에 대비하며 몸을 일으키는 브리아레오스를 향해 시선을 고정하고 있었다.

*   *   *

아무것도 보이지 않는다.

그렇다고 고통까지 느껴지지 않는 것은 아니었다.

머리는 누군가 망치로 후려치기라도 한 것인지 깨질 듯 아파왔고 가슴 또한 숨을 쉴 때마다 고통을 호소했다.

"그으으으……."

눈은 보이지 않았지만 자신이 누워 있다는 것 정도는 알 수 있었다.

'이게 대체……'

뭐가 어떻게 된 건지 감조차 오지 않았다.

'동화를 사용했고… 그다음은 고통이라……'

고통에 신음을 흘린 신혁돈은 몸을 일으키기 위해 바닥을 짚었다.

그 순간 익숙하지 않은 '팔들'의 감각이 느껴졌다.

마치 육눈수리의 날개나, 아르마딜로 리자드의 꼬리를 처음 얻었을 때처럼 새로운 신체 부위가 돋아난 느낌이었다.

신혁돈은 천천히 온몸의 감각을 찾아갔다.

'팔이… 많군. 다리는 둘. 머리와 가슴, 팔목이 다친 것 같고… 맙소사.'

신혁돈은 그제야 깨달았다.

'이건 브리아레오스의 몸이다.'

그것도 방금 자신이 숨통을 끊어놓은 놈. 그제야 모든 것이 이해되었다.

상황을 파악한 신혁돈은 몸을 일으키기 위해 여덟 개의 팔에 힘을 주었다.

"그으으으……"

엄청난 고통이 신혁돈의 뇌를 후벼 팠지만 신혁돈은 참고서 몸을 일으켰다.

'동화'는 말 그대로 몬스터와 동화되는 스킬이다.

죽은 것에만 동화될 수 있는지, 살아 있는 것에도 가능한지 궁금했다.

'…잠깐.'

그보다 중요한 게 있었다.

죽었다 살아난 브리아레오스를 보는 순간, 패러독스의 길드원들은 자신을 다시 죽이려 든다면?

'…이때 다시 죽으면 어떻게 되는 거지?'

신혁돈은 몸을 일으키려 힘을 주고 있던 팔을 슬그머니 내렸다.

그 순간.

"다시 죽어라!"

윤태수의 목소리가 공동 전체를 울렸다. 그리고 앞도 보이지 않는 신혁돈의 가슴팍에 무언가 묵직한 것이 꽂혔다.

"크어어!"

복부를 관통하는 고통에 신혁돈은 참지 못하고 비명을 질렀다.

그에 용기를 얻은 패러독스들이 브리아레오스의 몸에 동화된 신혁돈을 공격하기 시작했고, 신혁돈은 온몸이 터져나가는 고통을 느끼며 정신을 집중했다.

어떻게든 이들을 쫓아내야 한다.

신혁돈은 브리아레오스의 특기인 물의 이능을 발휘시키기 위해 정신을 집중했다.

그걸 가만히 둘 패러독스가 아니다.

바다가 요동침과 동시에 사방에서 들어오는 공격이 더욱 거세졌고, 안 그래도 처음 해보는 이능 다루기를 성공할 수 있을 리가 없었다.

결국 신혁돈은 이능 다루기를 포기한 채 동화를 취소시키기 위해 정신을 집중했다.

'동화 취소, 스킬 취소, 캔……'

"끄어어! 크아아아!"

브리아레오스가 죽은 것을 확인한 것은 신혁돈 본인이다.

분명 뇌까지 죽었음이 분명한데 어떻게 고통이 느껴진단 말인가? 아니, 그전에 몸을 움직일 수 있는 이유는 도대체?

생각은 길게 이어지지 못했다.

"끝이다!"

윤태수의 목소리가 귓바퀴 가까이에 들린다 생각한 순간, 무언가가 귀로 굴러들어오는 것이 느껴졌다.

"그어! 머… 어어어."

멈추라 말하고 싶었다.

하지만 브리아레오스의 혀는 신혁돈의 마음대로 움직이지 않았고, 안 그래도 알아듣기 힘든 괴물의 목소리를 윤태수가 알아들을 리 없었다.

'아차람의 구슬.'

귓구멍으로 구슬들이 쏟아져 들어오며 달그락거리는 소리

가 뇌까지 들리는 듯했다.

'…씨발.'

그 순간.

"증폭!"

윤태수의 카랑카랑한 목소리와 동시에 전기 퓨즈가 끊기듯, 파직 하는 소리와 함께 신혁돈의 정신 또한 날아가 버렸다.

*　　　　*　　　　*

빛.

반가워서 손을 뻗은 순간, 빛이 말을 걸었다.

—이곳이 너의 집이다.

신혁돈의 미간이 팍 구겨졌다.

'무슨 개소리야?'

하나 목소리는 나오지 않았고 신혁돈은 답답함을 느끼며 팔짱을 꼈다. 아니, 끼려 했지만 껴지지 않았다.

신혁돈은 그제야 깨달았다.

'온몸에 감각이 없다.'

방금까지 당장에라도 정신을 놓고 싶을 정도로 신혁돈을 괴롭히던 고통까지도 모두 사라졌다.

그때, 빛이 말했다.

─모든 것을 잡아먹고 강해지거라, 네가 모든 것을 끝마쳤을 때 내가 너를 데리러 오마.

신혁돈은 가운뎃손가락을 올리려 했으나 몸은 말을 듣지 않았다.

그사이 빛은 신혁돈의 반응이 마음에 드는지 제멋대로 신혁돈을 들었다 놓았더니 서서히 멀어졌다.

빛이 멀어질수록, 신혁돈이 있는 곳이 어딘지 눈에 들어왔다.

눈에 익은 장소.

브리아레오스가 있던 공동의 안이었다.

빛은 천장을 통해 들어오고 있었는데, 빛이 멀어질수록 천장 또한 닫혀가고 있었다.

'아…….'

왜인지 모를 아쉬운 느낌에 신혁돈이 하늘을 향해 손을 뻗었고 그 순간, 신혁돈은 자신의 손이 새파란 피부를 가지고 있다는 것을 깨달았다.

몸을 움직일 수 있게된 걸 알게 된 순간.

신혁돈은 고개를 숙였고 물에 비친 자신을 발견할 수 있었다.

2미터는 될까.

신혁돈이 만났던 괴물에 비하면 아주 작은 브리아레오스가 잔잔한 수면에 비친 자신을 바라보고 있었다.

'…과거의 일인가.'

생각이 끝나기도 전에 다시 한 번 시야가 점멸하기 시작했고 신혁돈은 눈을 감아버렸다.

'씨발.'

*　　　　　*　　　　　*

다시 눈을 떴을 때, 자욱한 안개가 보였다.

몸을 찌르는 고통도, 눈을 뜰 수 없게 만드는 밝은 빛도 없는 지극히 현실적인 천장.

신혁돈은 누운 채 몇 번 눈을 깜빡인 뒤 자신의 몸을 점검해 보았다.

'멀쩡해.'

오히려 브리아레오스와 싸우기 전보다 컨디션이 좋아졌다.

그뿐만이 아니라 증가된 모두의 벗 효과 덕인지 신혁돈을 감싸고 있는 물안개가 마치 폭신한 이불과 같은 안락함을 주었다.

더 자고 싶은 유혹을 뿌리친 신혁돈이 몸을 일으켰고 그 순간.

"형니임!"

신혁돈의 옆에 모닥불을 피운 채 이야기를 나누고 있던

패러독스의 길드원들이 신혁돈을 발견하고 소리쳤다.

제일 먼저 달려온 윤태수는 신혁돈의 몸 여기저기를 살피며 말했다.

"어디 다치신 곳은… 없을 테고, 이게 무엇으로 보이십니까?"

윤태수가 가리킨 것은 바닥에 새겨져 있는 마법진이었다.

이서윤의 치유 마법진.

자신이 다친 것이라 생각한 이들이 응급처치를 해놓은 것이다.

차원석을 파괴하고 나가는 것보다 에르그 에너지가 풍부한 이곳에서 요양을 하고 나간다는 판단을 한 것도 칭찬해줄 만하다.

신혁돈은 천천히 고개를 끄덕인 뒤 윤태수에게 물었다.

"내가 얼마동안 잠들어 있었지?"

그러자 윤태수 또한 고개를 끄덕이며 말했다.

"완벽한 마이페이스. 우리 형님이 확실합니다!"

"흰소리 말고."

"차원문에 들어 온 지는 5일이 지났고, 형님이 쓰러진 시간으로부터는 정확히… 23시간입니다. 무슨 일이 있었던 겁니까?"

신혁돈은 대답 없이 브리아레오스의 시체를 향해 시선을

옮겼다. 괴물의 시체는 형체를 알아볼 수 없을 정도로 훼손
되어 있었다.

여덟 개의 팔은 잘려서 어디론가 사라져 있었고, 머리 또
한 마찬가지.

상체는 도시락이 죄다 쪼아 먹었는지 거대한 뼈를 드러내
고 있었다.

신혁돈이 브리아레오스를 바라보는 것을 본 윤태수가 말
했다.

"형님이 갑자기 사라지시고 저 괴물이 움직이기 시작했습
니다. 무슨 일이 벌어질지 몰라서 아작을 내놓았고… 브리아
레오스가 다시 쓰러진 다음, 형님이 브리아레오스의 등 위
로 솟아올랐습니다."

"솟아올랐다고?"

"예, 말 그대로… 무슨 그림자가 일어서듯 등 위로 이렇게
말입니다."

"심장."

"예?"

"브리아레오스의 심장은 멀쩡한가?"

"아, 예."

신혁돈이 괴물의 심장에서 에르그 기관을 빼먹는다는 것
을 알고 있는 패러독스 길드원들은 브리아레오스의 심장은
건드리지 않았다.

신혁돈은 고개를 끄덕인 뒤 자리에서 일어나 브리아레오스의 심장을 향해 걸어가, 에르그 기관을 꺼내들었다.

"뭘 하시려고……."

모두의 시선이 신혁돈에게 집중되어 있을 때, 신혁돈이 브리아레오스의 에르그 기관을 씹어 삼켰다.

그 순간 신혁돈이 눈을 감았고, 영혼 포식이 발동되며 신혁돈의 머릿속으로 브리아레오스의 기억과 습관, 언어 체계가 흡수되기 시작했다.

동화가 끝나며 보았던 영상과 비슷한 정보가 신혁돈의 머릿속을 파고들었다.

빛과 목소리, 그리고 끝없는 어둠.

모든 정보를 흡수한 신혁돈이 눈을 떴다.

'동화 때와 비슷하다.'

비슷한 능력이지만 다르다.

동화가 스스로 그 존재가 되어 1인칭 시점으로 기억을 읽는다면 영혼 포식은 3인칭의 관점으로 기억을 관람하는 방식이다.

그 덕에 더욱 세세한 비교가 가능했고, 신혁돈이 동화로 본 것들은 전부 사실이라는 결론이 내려졌다.

'결국 누군가가 브리아레오스를 이곳에 데려다 두었다는 건데…….'

신혁돈의 시선이 천장으로 향했다.

저것이 열리며 등장해야 할 정도로 거대한 빛.

마왕을 실제로 본 적은 없었기에 어떤 형상을 하고 있을지는 모른다.

거대한 빛의 형체를 하고 있을지, 아니면… 마왕이 아닌 다른 존재일지.

생각을 마친 신혁돈의 시선이 홍서현에게로 향했다.

홍서현은 걱정스러운 눈빛으로 신혁돈을 보고 있었고, 이내 신혁돈은 시선을 거둔 뒤 모두에게 말했다.

"그간 모으던 세트 아이템이 완성되었고, 동화라는 스킬을 얻었다."

신혁돈은 손을 내밀어 자신의 손가락에 끼워진 모두의 벗을 보여준 뒤 말을 이었다.

"동화를 바로 사용했고, 나는 브리아레오스의 몸에 동화되어 몇 초간 움직일 수 있었다. 그때 너희들이 브리아레오스를 죽였고… 나 또한 정신을 잃었지."

"…맙소사, 그게 무슨… 결국 시체에 빙의했다는 말 아니십니까?"

신혁돈은 천천히 고개를 끄덕였다. 그러자 백종화가 물었다.

"시체가 아닌, 다른 대상에게도 동화가 가능할 수도 있겠습니다."

"가능성은 충분하다."

그제야 상황을 파악한 이들이 천천히 고개를 끄덕이며 신혁돈과 브리아레오스의 시신을 번갈아 보았다.

모두의 시선을 받던 신혁돈은 더 이상의 질문이 없자 말했다.

"이제 나가지."

더 이상 지체할 시간이 없다.

곧 그레이트 화이트 홀이 열릴 것이고, 그전에 만반의 준비를 끝내놓아야 하기 때문이다.

일행들은 떨떠름한 얼굴로 서로를 바라보다가, 신혁돈의 뒤를 따라 차원석을 향해 이동했다.

바다를 건너 차원석의 앞에 도착한 신혁돈은 지체하지 않고 워해머로 차원석을 내리찍었다.

쿵!

쩌저적!

무기의 덕인지 차원석은 단 한 방에 깨져나갔고, 응축된 에르그 코어 두 개가 떠올랐다.

그리고 신혁돈이 손을 뻗자, 에르그 코어 두 개가 전부 가이아의 목소리로 변했다.

그 모습을 본 신혁돈의 미간이 구겨졌다.

한 차원문에서 가이아의 목소리 두 개가 나오는 것은 난생 처음 보는 광경이었다.

생각은 길었지만 고민은 짧았다.

신혁돈은 바로 왼쪽에 나타난 가이아의 목소리를 향해 손을 얹었고 그 순간.

[의심하지 말지어다!]

가이아의 목소리가 빛을 토하며 동시에 거대한 목소리가 동공 전체를 울렸다.

신혁돈은 자신의 귀를 의심하며 뒤를 돌아보았고, 신혁돈과 비슷한 얼빠진 표정을 하고 있는 이들의 얼굴을 보고선 확신했다.

'나만 들은 게 아니야.'

그렇다는 것은, 가이아가 자신을 의심하지 말라는 메시지를 보낸 것이다.

신혁돈이 홍서현을 바라보며 물었다.

"왜?"

"…예?"

"왜 가이아가 자신을 의심하지 말라 하는 거지?"

"…글쎄? 아저씨가 가이아님을 의심하고 있어서 그런 거 아니야?"

홍서현의 물음에 움찔한 것은 김민희였다. 아직까지 의심을 버리지 못하고 있던 탓이다.

김민희를 힐끗 본 신혁돈은 대답 대신 뒤로 돌아섰다.

그리곤 하나 남은 가이아의 목소리를 향해 손을 뻗었다.

그때, 홍서현이 말했다.

"잠깐만."

가이아의 목소리를 향해 손을 뻗던 신혁돈이 행동을 멈추고 홍서현을 바라보았다.

"방금 들은 목소리, 가이아님의 목소리라 확실할 수 있어?"

신혁돈의 고개가 모로 꺾였다.

"무슨 의미지?"

그러자 홍서현이 모두를 가리키며 말했다.

"지금까지 석판, 그러니까 가이아의 목소리라는 아이템을 획득했을 때도 지금처럼 모두가 가이아님의 목소리를 들을 수 있었나요?"

홍서현의 물음에 다른 이들의 시선이 신혁돈에게로 향했다.

"아니, 그런 적 없다."

"그렇다면 다른 분들은 가이아님의 목소리를 처음 들으셨겠네요. 가이아님의 목소리를 들어본 유일한 사람은 아저씨고, 맞나요?"

신혁돈이 고개를 끄덕였고 다른 이들 또한 고개를 끄덕여

동조했다. 모두의 반응을 확인한 홍서현이 말을 이었다.

"그렇다면 다시 한 번 물을게. 아저씨가 들은 목소리, 지금까지 석판으로 들어왔던 가이아님의 목소리라고 확신할 수 있어?"

신혁돈은 쉽사리 대답하지 못했다.

지금까지 가이아의 목소리를 들을 땐 내용을 기억하기 급급해 목소리까지 신경 쓴 적이 없었기 때문이다.

게다가 홍서현의 말대로 가이아의 목소리가 전체에게 들린 것과 2개의 석판이 동시에 나온 것은 처음 있는 일.

"의심할 만한 가치가 있군."

신혁돈의 동조까지 끌어낸 홍서현이 크게 고개를 끄덕인 뒤 모두를 향해 손을 뻗으며 말했다.

"저 또한 확실하진 않아요. 하지만… 방금 석판에서 흘러나온 목소리는 가이아님의 목소리와는 느낌이 달랐어요. 말로는 설명할 수 없는… 그 특유의 느낌이 달랐어요. 믿을지, 믿지 않을지는 여러분의 선택이지만 하나만 알아주세요. 방금의 목소리는 가이아님의 목소리가 아니었어요. 적어도 저는 그렇게 생각해요."

홍서현의 진실된 목소리에 다수의 마음이 흔들렸다.

그들의 눈빛을 본 홍서현이 말을 이었다.

"제대로 된 증거 없이 정황 하나만으로 인류를 돕고 있는 유일한 존재를 매도하는 것은 옳지 않다고 생각해요."

그때, 신혁돈이 다시 걸음을 옮기기 시작했다.

모두의 시선이 신혁돈에게 쏠린 순간, 신혁돈이 가이아의 목소리를 향해 손을 뻗으며 말했다.

"이걸로 확인해 보지."

신혁돈의 손이 가이아의 목소리에 닿은 순간.

신혁돈은 어느 때보다 집중한 채 가이아의 목소리에 귀를 기울였다.

[감각의 마왕. 아이가투스에게 도전하기 위해서는 11번의 시련을 이겨내야 한다.

그중 일곱 번째 시련은 이렇다.

─여섯 가지 시련을 모두 압도적으로 이겨낸 당신에게 아이가투스가 관심을 갖기 시작했다.

─아이가투스의 명을 받은 세 자매가 당신을 맞이할 것이다.

─그녀들을 이겨내면 지금과는 비교할 수 없을 만큼의 거대한 보상을 얻을 것이다.]

가이아의 목소리가 끝나는 순간, 새로운 메시지 창이 떠올랐다.

[현재 보유한 힘으로는 클리어할 수 없는 퀘스트입니다.]

[포기가 가능합니다.]

[포기하시겠습니까?]

신혁돈은 고민할 것도 없이 메시지창을 꺼버린 뒤 말했다.

"다르군."

확실히 목소리에 담긴 느낌 자체가 달랐다.

'의심하지 말지어다'라고 했던 목소리에는 없는 따스함. 마치, 물가에서 노는 아이를 걱정하는 어머니의 목소리와도 같았다.

그러자 홍서현의 얼굴이 눈에 띌 정도로 밝아졌다.

"그렇지!"

하지만 느낌만 다를 뿐, 목소리에 담긴 거부할 수 없는 힘 자체는 다를 것 없었다.

그렇다고 해서 굳이 지금 상황에 가이아에 대한 의심을 키울 필요는 없었다. 그래서 신혁돈은 다르다고 단정을 지어버린 것이다.

얼추 상황이 정리되자 백종화가 물었다.

"이번에는 무슨 내용입니까?"

"아이가투스의 세 자매가 직접 우릴 반겨주러 온다는군."

"…굳이 그럴 필요까진 없는데. 좀 더 자세히 말씀해 주실 수 있으십니까?"

신혁돈은 가이아의 목소리가 말한 내용을 그대로 읊어주었다.

"아이가투스의 세 자매라… 혹시 누군지 아십니까?"

"아엘로, 오키페테, 그리고……."

신혁돈의 말이 끝나기 전. 홍서현이 흥분한 목소리로 말했다.

"켈라이노… 설마 하르피아 세 자매를 말하는 거야?"

홍서현의 달뜬 반응에 신혁돈이 되물었다.

"하르피아가 아니라 하피긴 하다만 얼추 맞다. 어떻게 알고 있는 거지?"

"…그리스 로마 신화에 나오는 괴물 세 자매의 이름이야. 질풍의 아엘로, 빨리 나는 자 오키페테, 새까만 폭풍의 구름 켈라이노."

하피란 인간 여자의 상체, 새의 하체와 날개를 가진 신화 속 괴물의 일종이다.

저번 삶, 신혁돈이 살던 미래에서는 괴물들의 이름을 지어줄 때 신화 속 괴물들의 이름을 차용하는 것을 즐겼고 하피 세 자매에게도 신화 속 괴물의 이름이 붙여진 것이다.

"신화에 박식하군. 무신론자라 하지 않았나?"

"어릴 때 만화책 좀 봤거든."

"…만화책?"

윤태수가 되물었지만 신혁돈은 대충 끄덕인 뒤 시선을 돌려 모두를 바라보며 말했다.

"홍서현이 설명했듯, 하피들에게 신화 속 이름이 붙은 이유는 간단하다. 신화 속 괴물들의 능력을 그대로 가지고 있기 때문이지."

"그… 질풍이니 검은 구름이니 하는 능력을 가지고 있다는 겁니까?"

"그래, 모두 네임드 몬스터다."

네임드 몬스터.

지성을 가지고 있으며 이름이 있는 괴물들. 지성을 가진 만큼 강력하며, 밝혀지지 않은 수많은 능력을 가지고 있다.

저번 삶 인간들이 마왕들의 일곱 번째 시련을 이겨내지 못한 이유가 여기에 있었다.

일곱 번째 시련부터 네임드 몬스터들이 등장한다.

그들은 수많은 몬스터를 지휘하며, 개개인의 능력 또한 어마어마하기에 지금까지와는 궤를 달리하는 전투를 벌여야 했기 때문이다.

그들을 상대하려 전력을 아끼다가는 그레이트 화이트 홀에서 나타난 괴물을 선점할 수 없게 되고 결국 거대 길드들의 권력 다툼에서 밀리게 된다.

그렇기에 마왕의 차원에 도전하는 길드들은 점점 줄어들

게 된 것이다.

"…브리아레오스와 같은 급입니까?"

"아니, 브리아레오스가 사자라면 하피 세 자매는 하이에나 정도 되겠지."

"…다행이네요."

신혁돈은 홍서현을 바라본 뒤 말했다.

"네가 본 만화책에 하피의 약점 또한 나와 있던가?"

"아니, 모두 검으로 목을 베어 죽였다. 날개를 잘랐다. 이런 것밖에 없었는데."

쯧하고 혀를 찬 신혁돈은 차원석 위로 나타난 게이트를 가리키며 말했다.

"일단 돌아가자."

신혁돈의 말에 모두의 얼굴에 함박웃음이 걸렸다.

그들에겐 상황이야 어찌되었건 간에 지금 당장 쉴 수 있다는 사실이 더 중요했다.

*   *   *

아지트로 돌아온 날 밤.

모두에게 하루의 휴식을 준 신혁돈은 사우나로 향했다.

사우나에 도착해 온탕에 몸을 담근 신혁돈은 눈을 감은

채 생각에 잠겼다.

브리아레오스도, 하피도 모두 신화에 등장하는 괴물들이
다.

외형 또한 비슷하며 그들이 가진 능력까지 유사하다.

그런 와중에 괴물과 신화 속에 등장하는 이들의 이름까
지 똑같다.

'…모르겠군.'

마신 그리드는 타 차원의 존재다.

한데, 인간의 상상력으로 탄생한 신화 속 괴물들을 차용
해 사용한다?

어불성설이다.

그렇다는 것은 두 가지 결론이 나온다.

첫째, 신화 속 괴물들이 실제로 존재하는 차원이 있으며,
그 괴물을 본 이들이 있었다. 그들은 자신들이 본 것을 기
록으로 남긴 것이 현재까지 전해져 내려오며 신화가 된 것이
라는 가설.

즉 그리드의 침공 이전 타 차원에서의 침공이 있었고, 그
때 또한 침공을 막아낸 각성자들이 있다는 것.

신혁돈이 헛웃음을 흘렸다.

그렇다면 신화 속 괴물들은 차원을 넘어온 괴물들이고,
그 당시 활약했던 신화 속의 영웅들은 전부 각성자들이며
신들은 진짜 신들이다?

…그럴 듯한데?

신혁돈은 고개를 휘휘 저었다.

말도 되지 않는다.

아니, 될 수도…….

홀로 고민하던 신혁돈은 고개를 휘휘 저어 생각을 털어버렸다.

첫 번째 결론은 신빙성이 있긴 하지만 도저히 믿을 수 없는 일이기에 생각을 그만두었다.

그렇다면 둘째, 인간들에게 각성의 힘을 준 가이아는 존재하지 않거나, 힘을 쓸 수 없는 상태이며 마신 그리드, 혹은 그에 준하는 존재가 인간을 가지고 놀고 있다.

"…이것 또한 말이 되지 않는다."

도무지 결론이 나질 않는다.

그때,

"흐익!"

쿠당탕!

누군가 욕탕 바닥을 굴렀다.

그것뿐이라면 눈을 뜰 이유가 없었겠지만 넘어진 남자가 소리친 내용이 문제였다.

"패러독스다!"

신혁돈이 눈을 뜨자, 벌거벗은 윤태수와 백종화가 어색한 표정으로 온탕에 들어오고 있었다.

넘어진 남자는 자신의 목소리가 너무 컸다는 사실을 인지했는지 자신에게 쏠린 시선에 고개를 숙인 채 윤태수에게 다가갔다.

"저… 혹시 사인 좀 해주실 수 있나요?"

"…사인 말입니까?"

"예, 사인요."

"그건 좀 상황이……."

사내는 아쉽다는 듯 고개를 끄덕이고선 악수를 한 뒤 목욕탕을 빠져나갔다.

윤태수와 백종화는 여전히 어색한 얼굴로 신혁돈이 있는 온탕으로 들어왔다.

신혁돈이 입을 열기 전, 윤태수가 치고 들어오며 물었다.

"무슨 생각을 그렇게 골똘히 하고 계십니까."

"가이아."

신혁돈이 의외로 순순히 대답을 해주자 이번엔 백종화가 물었다.

"서현 씨가 말한 거 말씀이십니까?"

"비슷해."

"흠… 형님 생각은 어떠신지 말씀해 주실 수 있으십니까?"

신혁돈은 잠시 고민하다 입을 열어 방금까지 하고 있던 생각을 말해주었다.

어차피 자신 혼자 생각한다 한들 정보 분석력으로 두 사람을 따라갈 순 없다. 무엇보다 더 이상 생각하다가는 뇌에 쥐가 날 것 같았다.

신혁돈의 설명을 들은 윤태수와 백종화가 천천히 고개를 끄덕였다.

"신화가 사실이라… 말은 되는 것 같습니다."

윤태수의 말에 백종화가 말을 덧붙였다.

"조금 더 알아보긴 해야겠습니다만, 이름과 외형뿐만 아니라 능력까지 일치한다는 것은 확실히 의심이 생기긴 합니다."

말을 마친 백종화가 윤태수를 바라보며 물었다.

"이쪽으로 정보 라인 있나?"

"…이쪽이 어딥니까? 뭐, 신화와 괴물을 비교하는 정보 라인을 말씀하시는 겁니까?"

"뭐 그런 거."

당당한 백종화의 물음에 윤태수가 헛웃음을 흘렸다. 정보를 다루는 것은 혼자의 힘으로 하기엔 벅찬 작업이다.

하물며 차원문에서 나오는 괴물의 정보는 얻기도 힘든 데다가, 신화의 양은 너무나 방대해 전부 꿰고 있기도 힘들다.

두 가지를 모두 충족시키는 집단은 절대 없다.

"…있을 리 있겠습니까?"

그때, 신혁돈이 말했다.

"있다."

"…예?"

"거봐."

백종화는 의기양양해졌고 윤태수의 미간은 뺨이라도 맞은 듯 찌푸려졌다.

"누구, 아니, 어딥니까?"

"진실의 눈."

차원문이 생긴 이유를 규명하고 지구에 나타난 차원문 전부를 없애는 게 목표이자 설립 이념인 길드.

목표만 보자면 더 가드와 비슷하지만 이들은 더 가드와 궤를 달리한다.

차원문을 없애는 것보다 이유 규명에 힘을 쓰며, 괴물을 사냥해 얻는 부산물보다 지식을 탐구하는 것을 즐기는 이들.

무엇보다 진실의 눈 길드 마스터가 괴짜다.

사실 차원문을 없애는 것은 길드를 세우기 위해 세운 헛소리일 뿐이고, 그가 관심 있는 것은 차원문 그 자체다.

유유상종이라, 진실의 눈에 가입해 있는 이들은 길드 마스터와 비슷하다.

"진실의 눈이라… 가능성은 있지만, 그들과 접촉할 만한 방법이 없는데요."

신혁돈은 대답 대신 자리에서 일어섰다.

그러자 신혁돈을 바라보고 있던 윤태수와 백종화는 보고

싶지 않은 것과 눈을 마주쳤고 속으로 욕을 삼키며 고개를 돌렸다.

그사이 신혁돈이 말했다.

"내가 알아. 난 간다."

말을 마친 신혁돈은 욕탕을 나갔고 남은 둘은 서로를 바라보다 말했다.

"…진실의 눈이 찾기 쉬운 놈들인가?"

"아뇨, 정보 밥 먹으면서 그놈들 꼬리라도 잡아달라는 의뢰만 수십 번이었습니다. 그중 수락한 게 세 번이고… 모두 실패했습니다."

한 번 정한 목표를 이룰 때까지 절대 포기하지 않는 게 바로 윤태수다.

한데 세 번이나 실패했다라.

"…대단한 놈들이네."

"그 새끼들은 그냥 미친놈들입니다."

백종화의 눈에 물음표가 떠올랐지만, 윤태수는 이야기조차 하기 싫다는 듯 몸서리를 치며 욕탕 밖으로 나갔다.

홀로 남은 백종화는 윤태수의 뒷모습을 바라보다 두 사람의 뒤를 따라나갔다.

제2장

진실의 눈

신혁돈이 사우나를 나서자마자 두 사람이 따라 나왔다.

"차 저기 있습니다."

윤태수가 운전대를 잡고 신혁돈이 보조석에 앉았다.

"강남으로 간다."

신혁돈의 말에 윤태수의 시선이 시계로 향했다.

오전 1시.

누굴 만날 시간은 아니란 생각이 들었지만 신혁돈이 하는 일이니 별다른 의문을 표하진 않았다.

차를 타고 이동하는 동안, 백종화가 물었다.

"진실의 눈이라는 놈들, 정확히 뭐하는 놈들입니까?"

신혁돈이 대답하기 전, 윤태수가 백미러를 힐끔 보며 말했다.

"거, 괴짜 집단이라니까 그러네. 그냥 미친놈들입니다. 지들이 필요한 정보가 있으면 남의 차원문에 난입하는 짓도 서슴지 않습니다. 게다가 돈은 어디서 그렇게 나는지 모든 잡음을 돈으로 틀어막기 일쑤인 데다가, 하나같이 싸가지가 드럽게 없습니다."

윤태수의 말을 들은 백종화가 신혁돈을 바라보았다. 맞는 말이냐 묻는 눈빛이었고, 신혁돈은 고개를 끄덕이며 말을 덧붙였다.

"길드 마스터가 재벌이다. 유유상종이라 똑같이 돈 많고 할 거 없는 놈들이 모여 있지."

백종화는 쯧 하고 혀를 찬 뒤 차 시트에 기대며 말했다.

"그런데 쓸 돈 있으면 나나 주지."

백종화는 몇 번의 차원문 사냥으로 얻은 아이템을 팔아 한몫 단단히 챙겼기에 돈에 아쉬울 것 없는 사람이다.

하지만 지금까지 살아온 삶이 있었기에, 제 버릇 개 못 준다고 자연스레 저런 말을 하는 것이다.

조용히 운전을 하던 윤태수가 물었다.

"아는 사람은 뭐하는 사람입니까?"

"졸부."

단 두 글자였지만 어떤 사람인지 대충 감이 왔다. 고개를 끄덕인 윤태수가 운전에 집중했고 일행은 곧 강남에 도착할 수 있었다.

"…말씀하신 곳이 클럽입니까?"

새벽 2시가 넘어가는 시간에도 강남 클럽의 앞은 북적였다.

5월의 쌀쌀한 새벽 날씨에도 가슴을 훤히 드러낸 상의와 짧은 치마를 입은 여자들이 여기저기 서 있었고, 그들을 어떻게든 꼬셔보겠다는 사내놈들이 하나둘씩 달라붙어 있었다.

"얼추 비슷하지."

신혁돈은 클럽의 입구로 들어가는 게 아니라 건물의 뒤로 돌아갔다.

건물 뒤 비상계단을 통해 4층까지 올라간 신혁돈은 자기 집에 드나들 듯 철문을 두들겼다.

곧 철문이 열리고 진한 화장에다, 옷을 입은 건지 벗은 건지 모를 여자가 얼굴을 내밀었다.

"…누구?"

"장미 있나?"

진한 화장의 여자는 멍한 얼굴로 신혁돈의 위아래를 훑어 본 뒤 문을 닫았다.

신혁돈의 뒤에 서 있던 윤태수와 백종화는 이게 뭔가 하는 얼굴로 철문을 바라보다 말했다.

"…장미? 쌍팔년도 사람입니까?"

윤태수의 쓸데없는 질문을 무시한 백종화가 신혁돈에게 물었다.

"여긴 어딥니까?"

"난장판."

잠시 후.

방금 보았던 여자가 문을 열며 말했다.

"일단 들어와."

문이 열리며 긴 복도가 보였다.

양옆으로는 몇 개의 문이 있었고 복도 끝에는 커다란 문이 하나 있었다.

드러난 실내의 모습은 신혁돈의 말 그대로 난장판이었다.

도대체 어디 설치되어 있는지 모를 조명이 사방에서 번쩍거렸고 아래층 클럽의 음악소리가 벽을 뚫고 들어와 머리까지 꿍꿍거렸다.

복도에는 문 하나당 한 명씩이라 해도 될 정도의 사람이 바닥에 널브러져 있었다.

술에 취한 건지, 아니면 다른 거에 취한 건지 모를 난장판에 윤태수가 혀를 찼다.

"너구리 굴이네."

이런 곳에 진실의 눈 길드원이 있다는 건가.

백종화가 의심의 눈을 보내며 뒤를 따르는 사이, 진한 화장의 여자는 끝에 있는 큰 문에 도착했다.

큰 문에는 명찰이 붙어 있었는데 거기엔 '사장실'이라 쓰여 있었다.

명찰을 본 윤태수가 자신의 눈을 의심하는 사이 문이 열렸고, 진한 화장의 여자가 말했다.

"들어가."

세 사람이 문으로 들어서자 진한 화장의 여자가 문을 닫고 나갔다.

평범한 집무실과 비슷한 분위기였다.

테이블과 소파가 있고, 업무 처리를 위한 데스크와 컴퓨터, 그리고 TV가 놓여 있었다.

얼핏 보면 평범하긴 하다. 온통 붉은색으로 칠해져 있는 것만 빼면.

신혁돈 일행이 들어오자 데스크에 앉아 있던 여자가 일어서며 세 사람을 반겼다.

"저를 찾으셨다고요? 아, 일단 앉으세요."

붉은색을 얼마나 좋아하는 건지, 입고 있는 옷조차 붉었다.

가슴과 한쪽 다리가 깊게 파인 이브닝드레스를 입은 여자, 장미가 천천히 걸어서 세 명에게로 걸어왔다.

"…장미?"

그녀의 얼굴을 본 윤태수가 물었고 장미가 대답했다.

"예, 장미예요. 앉으시라니까?"

신혁돈이 먼저 앉자 윤태수와 백종화가 머뭇거리며 소파에 앉았다. 그러자 자신을 장미라 소개한 여자 또한 소파에 앉으며 말했다.

"요즘 가장 핫한 세 남자분이 이런 야심한 시각에 아녀자 혼자 사는 방까진 무슨 일이실까?"

"어떻게……?"

백종화가 물었다가 자신의 옆에 앉아 있는 윤태수의 등을 보았다.

그의 등에 솟아 있는 빛의 날개를 보면 누구라도 이 사람이 윤태수라는 것을 알 수 있을 것이다.

고개를 휘휘 저어 질문을 취소한 백종화는 신혁돈을 바라보았다.

그러자 장미의 시선 또한 신혁돈에게로 향했고, 그가 입을 열었다.

"신화와 가이아에 대해 물을 게 있다."

"신화? 가이아? 그걸 왜 나한테?"

장미는 정말 모르겠다는 듯 어깨를 으쓱하며 소파 등받이에 몸을 기댔다. 신혁돈은 대답 대신 침묵으로 일관하며 장미를 바라보았다.

묵묵히 신혁돈의 눈빛을 받고 있던 장미는 시선을 피해 창밖으로 고개를 돌렸다가 혀를 내둘러 입술을 적신 뒤 말했다.

"어디서 무슨 소리를 들었는지는 모르겠는데, 번지수를 잘못 찾아오신 것 같은데? 그런 걸 캐려면 정보 파는 사람들한테 가 봐야 하지 않을까요? 나는 그런 거 파는 사람이 아닌데."

나른한 목소리와 유들유들한 제스처가 더해지자 윤태수의 고개가 절로 끄덕여졌다.

하지만 신혁돈은 꿈쩍도 하지 않은 채 말을 이었다.

"네가 진실의 눈 소속인 거 알고 왔으니까 이쯤하지."

그러자 방금까지 묘한 표정을 짓고 있던 장미의 얼굴이 팍 찌그러졌다.

윤태수의 얼굴 또한 마찬가지.

이들을 찾기 위해 얼마나 많은 돈을 쓰고, 얼마나 많은 시간을 들였었는데 꼬리를 잡긴커녕 아무런 단서도 찾지 못했었다.

한데, 신혁돈은 찾자고 말하자마자 찾아낸 것이다.

윤태수가 얼빠져 하는 사이 장미는 희고 긴 손가락을 뻗어 데스크 위에 놓인 담배를 집어 들며 말했다.

"재미없네."

마치 한 동작인 듯 담배를 입에 물고 불을 붙인 뒤 연기를 흘린 장미가 말을 이었다.

"근데 그걸 어떻게 알았을까? 내가 진실의 눈 소속이라는 걸 아는 사람은 대한민국에 나 하나뿐인데 말이야."

신혁돈은 그녀의 말에 대답하는 대신, 질문을 던졌다.

"가이아와 신화에 대해 알고 있는 게 있나?"

"있기야 하죠. 그런데 맨입으로?"

"뭘 원하지?"

장미는 신혁돈의 눈을 힐끗 바라본 뒤 담배를 든 채 자리에서 일어서며 말했다.

"글쎄요, 당신들의 목적?"

"너희와 같다."

자리에서 일어선 장미는 데스크에 놓인 재떨이를 창틀에 내려놓으며 말했다.

"우리의 목적이 뭐라고 생각하는데요?"

"그걸 왜 나한테 묻지?"

신혁돈 특유의 화법에 장미가 웃음을 터뜨렸다. 담배 연기와 웃음이 섞여 새하얀 날숨이 창문 밖으로 흘러나갔다.

한참을 웃던 장미는 한 손으로 팔짱을 끼며 창틀에 기댄 채 말했다.

"재미없다는 말은 취소, 재미있는 사람이네."

"가이아와 신화에 연관성에 대해 아는 게 있나?"

"예, 있어요. 안 그래도 요즘 길드가 그것 때문에 난린데

모를 수가 없지."

장미의 말에 윤태수와 백종화의 눈이 화등잔만 하게 커졌
다.

"자세히."

장미는 대답 대신 담배를 길게 빤 뒤 느리게 뱉었다. 그리
곤 재떨이에 비벼 끈 뒤 말했다.

"여기서 할 말은 아닌 것 같고, 다른 데서 이야기하죠. 어
때요?"

그 정도 시간은 있다.

신혁돈이 고개를 끄덕인 뒤 자리에서 일어서자 장미가 미
소를 지으며 겉옷을 챙겼다.

둘의 대화가 끝난 것을 본 윤태수가 밖으로 나가기 위해
문고릴 쥔 순간.

타각타각타각.

일정한 타각 소리가 신혁돈의 귀에 틀어 박혔다.

들어본 적 있는 소리다.

오십을 상대할 때 들었던 시한폭탄의 소리!

"멈춰."

신혁돈의 말에 윤태수가 돌이라도 된 듯 모든 동작을 멈
추었다.

"폭탄이다."

너무도 담담한 목소리에 윤태수는 문고리를 놓고 도망치

고 싶은 충동을 느꼈다.

"어… 어디에 말씀이십니까? 문에 말입니까?"

"기다려."

신혁돈이 모든 감각을 청각에 집중했다.

그러자 아래층 클럽에서 들려오던 노래 소리가 더욱 커지고 사람들의 발소리, 목소리가 고막을 쾅쾅 울렸다.

그리고 희미하게 타칵 소리도 들려왔다.

신혁돈은 곧바로 타칵 소리에 모든 청각을 집중시켰다.

그 순간.

"…위. 이 위에 뭐가 있지?"

폭탄이라는 말에 긴장하고 있던 장미가 고개를 들어 천장을 바라보며 말했다.

"아무것도… 옥상뿐이에요."

신혁돈의 시선이 빠르게 방을 훑었다. 곧 화재경보기를 발견한 신혁돈이 그것을 가리키며 말했다.

"불을 쏴라."

만약 옥상에서 폭탄이 터져 건물이 무너지기 시작한다면 아래층 클럽에 있는 이들은 모두 죽는다.

조금이라도 빨리 대피를 시작한다면 몇 사람 정도는 더 살릴 수 있을 것이다.

신혁돈의 말을 이해한 백종화가 지체하지 않고 언령을 발동시켰다.

"타올라라!"

순식간에 허공에서 불길이 피어올랐고 곧바로 화재경보기
가 작동하며 건물 전체에 사이렌 소리가 울려 퍼졌다.

그와 동시에 신혁돈은 몬스터 폼을 발동시키며 폭탄이 있
는 천장을 향해 몸을 던졌다.

쾅!

신혁돈이 천장 벽을 뚫고 옥상으로 솟구쳤다.

*   *   *

신혁돈이 챠원문에서 돌아왔다는 연락을 받은 십(十)은
곧바로 그들의 아지트로 향했다.

너무 가까이도, 너무 멀리도 아닌 적당한 곳에 자리를 잡
은 십과 그의 부하들은 곧바로 잠복에 들어갔다.

그리고 얼마 후, 신혁돈이 홀로 사우나로 향하는 것을 본
그들은 기회라 여기며 바로 사우나로 이동했다.

신혁돈만 잡는다면 패러독스 자체는 별 볼 일 없는 집단
이기에 신혁돈을 먼저 잡으려는 속셈이었다.

사우나에서 신혁돈을 치려는 순간 윤태수와 백종화가 출
발했다는 소리를 들었고, 작전이 뒤로 밀리고 말았다.

'젠장.'

마음 같아서는 세 사람을 한 번에 정리해 버리고 싶었지

만 장소가 좋지 않다.

이미 비웅주구의 위상이 바닥까지 떨어진 지금, 한국에서 괜히 분란을 일으켰다가는 정말 나락으로 추락하고 만다.

그때, 이들이 또다시 이동을 시작했다.

이들이 도착한 곳은 강남의 클럽.

십의 눈에 이채가 띠었다.

시끄러운 번화가라면 오히려 소리가 가능성이 크다.

게다가 이번에 십이 준비한 무기는 일반적인 각성자들이 사용하는 무기가 아니다.

모두 현대 화기들.

어차피 근접전으로는 승산이 없다 판단했기 때문이었다.

그렇다면 적당한 장소를 찾아 유인만 하면 된다.

그때 이들이 클럽이 아닌, 클럽의 뒤편으로 들어가는 것을 본 십의 머릿속에 기가 막힌 작전이 떠올랐다.

아무리 각성자라 한들 건물이 무너져 버리면 그 안에서 살아남기는 힘들다.

댈 변명 또한 많다.

가스 폭발이든, 부실 공사든 폭탄이 터진 흔적만 남기지 않는다면 완벽한 작전이나 다름없다.

만약 폭발 속에서도 살아남는다 하더라도 자신이 데리고 온 비웅주구까지 이겨내기엔 역부족일 것이다.

순식간에 결심한 십은 신혁돈이 들어간 옥상을 위주로 폭탄을 설치하기 시작했다.

옥상에 설치하기로 한 10개의 폭탄 중 단 하나의 폭탄 설치를 마쳤을 때.

콰광!

십의 눈앞 바닥이 터져 나가며 검은 덩어리가 바닥을 뚫고 옥상으로 솟구쳐 올라왔다. 깜짝 놀란 십이 손에 들려 있던 폭탄을 내던지며 두 자루의 검을 뽑아들었고, 그제야 달빛에 비친 신혁돈의 얼굴을 볼 수 있었다.

신혁돈 또한 십의 얼굴을 보고선 말했다.

"오늘 끝내자."

말을 마친 괴물은 한 손에 들고 있는 워해머를 빙빙 돌리며 십에게로 달려들었다. 십 또한 신혁돈의 공격을 피하지 않고 그에게로 달려들었다.

십의 눈이 신혁돈의 손에 들린 워해머에 고정되었다.

워해머는 공격 반경이 길고 파괴력이 강한 대신 무게가 무겁기에 공격 속도가 느릴 수밖에 없다.

그렇다는 것은 한 번의 공격만 흘릴 수 있다면 자신의 공세를 취할 수 있다는 뜻!

십의 눈이 날카롭게 빛나며 신혁돈의 공격 방향을 살폈다.

순식간에 거리를 좁힌 신혁돈이 십의 머리를 향해 워해머를 휘둘렀다.

후우웅!

'빠, 빠르다!'

생각보다 빠른 공격에 십은 방어할 타이밍을 놓친 채 옆으로 몸을 굴렸고 그와 동시에 소리쳤다.

"죽여!"

십의 명령과 동시에 사방에서 검은 구름들이 나타났다.

검은 구름들은 허리춤에는 칼을, 그리고 손에는 기관단총을 들고 있었다.

그들은 전부 신혁돈에게 달려드는 것이 아니라 반으로 나누어 반은 신혁돈에게, 반은 신혁돈이 뚫어놓은 구멍을 통해 아래층으로 내려갔다.

정면을 제외한 나머지 삼면을 점한 채 달려드는 먹구름들!

신혁돈은 그들을 신경 쓰지 않았다.

대신 십의 머리통을 향해 워해머를 휘둘렀다.

부웅!

'무슨 말도 안 되는!'

거구와 워해머.

두 가지 조합에서 절대 나올 수 없는 공격 속도가 눈앞에서 펼쳐지고 있었다.

십은 들고 있는 두 자루의 검을 휘둘러 보지도 못한 채 피하기 급급했고, 신혁돈의 삼면을 점한 이들 또한 엄청난 속도로 휘둘러지는 워해머 때문에 공격할 엄두를 내지 못하고 있었다.

무엇보다 십과 신혁돈의 거리가 너무 가깝다.

이대로 총을 쐈다가 신혁돈이 아닌, 십이 맞는다면 말 그대로 낭패.

결국 비응주구의 대원들은 총을 두고 검을 꺼내들 수밖에 없었다.

공격을 통해 상대의 공격 의지를 꺾어 방어를 대신하는 무식한 방법!

다른 이가 했다면 당장 칼꽂이로 전락해 죽었겠지만 신혁돈이었기에 가능한 방법이었다.

단순히 십을 노리며 워해머를 휘두르고 있는데도 틈이 보이지 않는다.

'언제 이렇게 강해졌단 말인가!'

제일 처음 보고 받았을 때만 하더라도 3등급이라 했다.

한데 지금은 자신은커녕, 비응주구의 수장인 일(一)과 붙어도 쉽사리 패배하지 않을 것 같은 전투력을 보이고 있다.

당연한 결과다.

일정 궤도에 오른 비응주구의 실력자들은 차원문을 사냥해 에르그 에너지를 쌓을 시간도 없이 실전에 투입되어 임무를 수행한다.

신혁돈과 똑같은 시간 동안 사냥을 했다 한들 얻는 에르그 에너지의 양에서 차이가 몇 배는 날 텐데 사냥조차 하지 않았으니 그 차이가 더더욱 벌어질 수밖에 없다.

게다가 신혁돈은 유니크 아이템으로 무장한 상태.

신혁돈과 같은 실력, 같은 에르그 에너지 보유량을 가졌다 한들 무장한 무구에서부터 차이가 나는 이상 승기를 잡긴 어려운 게 당연하다.

그간 신혁돈이 줄곧 사냥만 했던 것의 결과가 드디어 나타나는 것이다.

십은 자신과 신혁돈의 실력 차이를 인정했다.

그와 동시에 공격 기회를 잡는 것을 포기한 뒤 신혁돈의 시선을 끌기 시작했다.

자신이 시선을 끄는 사이, 다른 이들이 단 한 번이라도 공격을 성공시킬 수 있다면 그다음부터는 승기를 잡을 수 있다.

흉흉하던 십의 기세가 갑자기 달라진 것을 파악한 신혁돈이 한순간 공격을 멈추었다.

그러자 흐름이 끊긴 비응주구 대원들이 공격을 망설였고 그 순간, 신혁돈은 십이 아닌 다른 공격대원들을 향해 달려들었다.

"안 돼!"

당황한 십이 소리치며 신혁돈에게 달려들었지만 신혁돈의 위해머는 순식간에 두 명의 비응주구 대원을 박살 내 버렸다.

십이 달려들기까지 걸린 시간은 2초 남짓.

그 사이 두 명을 박살 낸 신혁돈은 위해머를 회수해 십의 공격을 막은 뒤 십과 눈을 맞추었다.

"괴… 괴물!"

그때, 포식자의 눈이 발동되었고, 십의 움직임이 한순간 멈칫했다.

그 틈을 놓칠 신혁돈이 아니다.

신혁돈의 위해머가 빛살처럼 십의 옆구리를 쳐 올렸다.

뻐각!

이미 두 명을 박살 내며 뼈를 부수는 자의 스킬이 발동되어 8배의 공격력이 적용된 상황. 그냥 맞아도 위험한 위해머를 8배의 공격력으로 맞은 십은 단말마조차 뱉지 못한 채 절명했다.

순식간에 대장을 포함해 셋을 잃은 나머지 비응주구 대원들의 눈에 절망이 서렸다.

상대의 힘이 압도적으로 강하다.

시작부터 모두가 힘을 합친다 해도 모자랄 상황에 상대를 제대로 파악하지 못해 반으로 나누었고, 그 와중에 셋이 죽었다.

'승산이 없어……'

그렇다고 물러설 비응주구가 아니다.

이번 작전에 걸린 것을 아는 비응주구들은 자신의 목숨

을 불태울 의지로 신혁돈에게 달려들었다.

그때 한 명의 비웅주구가 바닥에 떨어져 있던 폭탄 더미를 주워들었다.

무슨 짓을 하려는 지를 눈치챈 신혁돈이 폭탄을 든 비웅주구를 향해 손가락을 뻗으며 영혼 강타를 발동시킨 순간 다른 비웅주구 하나가 신혁돈의 시야를 가렸다.

결국 영혼 강타는 폭탄을 든 이가 아닌, 다른 이에게 적중했고, 영혼 강타에 적중 당한 이가 흰자를 드러내며 쓰러졌다.

그와 동시에 수많은 이들이 먹구름으로 변하며 신혁돈을 둘러쌌다.

어떻게 해서든 폭탄을 터뜨리겠다는 의지.

자신을 붙들고 있는 모든 이들을 쓰러뜨리고 폭탄을 든 놈을 쓰러뜨리려면 최소한 몇 초는 필요하다.

그전에 폭탄이 터질 것이다.

결국 신혁돈이 선택할 수 있는 길은 한 가지뿐이었다.

"폭탄!"

신혁돈이 소리친 순간.

번쩍!

빛이 터져 나왔다.

신혁돈은 본능적으로 세뿔가시벌레의 피부와 아르마딜로 리자드의 피부를 발동시키며 몸을 웅크렸고 그 순간.

콰콰콰쾅 콰콰콰쾅!

폭탄이 터졌다.

＊   ＊   ＊

"끄으으……."

누군가 온몸에 철심이라도 박아놓은 듯 안 아픈 곳이 없었다.

단순히 숨을 쉬는 것만으로도 허리가 뻐근하고 두개골이 울려오는 통에 신혁돈은 쉽사리 눈을 뜨지 못했다.

"으하."

간신히 긴 숨을 몰아쉰 신혁돈이 모두의 벗의 스킬 중 하나인 중급 치유를 사용했다.

모두의 벗에서 시작된 치유의 물길은 신혁돈의 온몸을 타고 돌았고 곧 움직일 만큼 회복이 되었다.

마음 같아서는 이서윤이 새겨준 치유 마법진까지 전부 사용하고 싶었으나 아래 있는 백종화와 윤태수가 얼마나 다쳤을지 모르니 일단 아껴두었다.

"후……."

신혁돈은 몸을 일으킨 뒤 주변을 살폈다.

폭발은 꽤나 거대했는지 옥상에 지름이 5미터는 될 법한 구멍이 뚫려 있었다. 불행 중 다행인 점은 건물이 무너지지 않았다는 것 정도.

비웅주구는 폭발과 함께 전부 날아간 것인지 시체조차 보이지 않았다. 신혁돈은 따끔거리는 피부를 무시한 채 구멍을 통해 아래층으로 내려왔다.

"엉망이군."

이곳에서도 폭탄이 터진 것인지 방 전체가 검게 그을려 있었고 벽 한쪽이 뻥 뚫려 있었다.

신혁돈은 감각에 집중하며 주변을 살폈고 곧 숨소리를 들을 수 있었다.

숨소리가 들린 곳에는 데스크가 뒤집혀져 있었다.

폭발 전 데스크를 뒤집고 숨은 것인지 데스크의 밑에는 수많은 파편이 박혀 있었다. 신혁돈은 뒤집힌 데스크를 향해 걸어가며 말했다.

"괜찮나?"

그그그극! 쿵!

신혁돈의 말에 데스크가 쭈욱 밀려 나며 세 사람의 모습이 보였다.

비교적 멀쩡한 모습의 백종화와 검게 그을린 윤태수, 그리고… 상반신의 반이 날아간 장미가 있었다.

화려하던 모습은 온데간데없고 검게 타버린 피부와 듬성듬성 구멍이 난 상반신에 간신히 걸쳐져 있는 붉은 옷만이 그녀가 장미라는 것을 알려주었다.

"…어떻게 된 거지?"

그나마 멀쩡한 백종화가 신혁돈을 힐끗 본 뒤 말했다.

"비웅주구 놈들이 들어오고… 얼마 지나지 않아 뭔가가 방 한가운데로 떨어졌습니다. 폭탄일 거라곤 생각도 못했는데 그 순간 저 장미라는 여자가 소리쳤습니다. 폭탄이라고. 태수가 장미를 끌어안은 뒤 데스크를 뒤집었고 저는 방어를 위해 언령을 걸었습니다. 그런데… 폭탄이 하나가 아니었습니다. 살아남은 놈이 데스크를 뒤집으며 장미 씨의 발목을 잡아 끈 순간, 두 번째 폭탄이 터졌습니다."

백종화의 말이 끝나자, 아직 숨이 붙어 있던 장미가 가쁜 숨을 내쉬며 말했다.

"죽도록 아프다."

신혁돈은 그녀의 앞에 앉아 모든 에르그 에너지를 쏟아 치유 마법진을 발동시켰다. 신혁돈의 몸에서 흘러나온 노란 빛이 장미에게로 쏟아졌지만, 장미의 상태는 조금도 나아지지 않았다.

"…미안하다."

신혁돈의 말에 장미는 조금은 편해진 목소리로 답했다.

"이게 내 운명인가 보지."

신혁돈은 쉽사리 말을 잇지 못했다. 장미는 잘 움직이지 않는 입을 오물거리더니 말을 이었다.

"날 이 꼴로 만든 놈들 다 잡아서 죽여줘."

"약속하지."

저번 삶, 장미는 진실의 눈 한국 지부장이라는 직책을 달 때까지 살고 있었다. 즉 신혁돈이 찾아오지 않았다면, 장미라는 여자는 이곳에서 죽지 않았을 것이다.

신혁돈에 의해 과거가 바뀌었다.

그리고 미래 또한 바뀔 것이 분명했다.

"누군가에게 전할 말이 있나."

"…음, 없어. 그냥 복수만 부탁해."

"꼭 지키마."

그 말을 마지막으로 장미는 더 이상 말이 없었다. 그리고 얼마 지나지 않아 그녀의 숨이 멎었다.

"…씨발."

윤태수의 한마디.

신혁돈이 고개를 끄덕이며 말했다.

"그래, 씨발 새끼들이지."

그제야 백종화가 신혁돈에게 물었다.

"형님은 괜찮으십니까?"

"괜찮다. 너희는?"

"멀쩡합니다."

신혁돈은 대답 대신 윤태수에게 말했다.

"이남정한테 전화해라."

"뭐라고 말입니까?"

"지금 일본 간다고."

*   *   *

새벽 3시.

관리국장 오훈은 지금 시간에 자신의 핸드폰이 울리는 것을 극도로 싫어했다.

남에 의해 강제로 잠을 깨는 것을 싫어하는 탓도 있지만, 이 시간에 울리는 전화는 대부분이, 아니, 전부가 좋지 않은 일일 가능성이 높기 때문이다.

"뭐?"

이번에도 그랬다.

─국장님, 일본행 비행기 티켓 네 장이 필요합니다.

오훈은 자신의 귀를 의심하며 핸드폰 화면을 보았다.

사건과 팀장 이남정.

후임을 잃고 복수를 한답시고 관리국을 뛰쳐나간다 했을 때도 '자리를 남겨놓겠다'는 말을 해줄 정도로 아끼는 후배다.

"정신이 나갔나?"

─아닙니다. TV 켜보십시오.

오훈은 고개를 절레절레 저으며 안경을 찾아 끼고는 거실로 나갔다.

그리곤 TV를 틀어 전문 뉴스 채널을 찾은 뒤 볼륨을 키웠다.

그사이 이남정은 계속 말을 하고 있었다.

─국장님, 지금 비응주구가 한국에 테러를 했습니다. 강남 건물에서 폭탄을 터뜨렸다 이 말입니다. 그것도 신혁돈, 그러니까 패러독스의 길드장을 노리고!

"오……."

이남정의 설명을 TV 뉴스 앵커가 그대로 읊고 있다.

소방대원과 경찰보다 빠르게 출동한 더 가드는 현장을 통제하고 있었고, 뒤이어 도착한 공무원들이 통제를 이어받아 상황을 정리하는 것이 TV 화면을 통해 그대로 송출되고 있었다.

"…맙소사."

이남정이 말하는 비행기 티켓은 단순한 비행기 티켓이 아니다.

일종의 관리국만의 은어로, 그 나라행 티켓이라는 것은 그 나라에서 활동 가능한 비자와 신분을 얻어달라는 뜻이다.

진짜 비행기 티켓이 필요했다면 공항을 찾아가지, 오훈에게 전화를 할 리가 없다.

─보셨습니까?

"그래… 보고 있네.

―지금 공항으로 가고 있습니다. 30분 내 가능하십니까?

오훈은 안경을 벗고 소파에 내려둔 뒤 한 손으로 마른세수를 했다. 비응주구의 본거지인 일본으로 향하는 것까지는 이해할 수 있다.

그런데 이렇게까지 빨리 움직이려 하는 것은 이해할 수가 없었다.

마른세수를 멈춘 오훈이 다시 안경을 쓰며 물었다.

"한데, 왜 그렇게 급하게 움직이는 겐가?"

제3장

발본색원(拔本塞源)

이남정과 전화를 마친 오훈은 일자로 입을 다물었다.

'밑밥을 깔 시간이 필요하다라······.'

급하게 움직이는 이유치고는 나쁠 것 없다.

한데 이 야밤에 관리국장이라는 직함을 가진 사람을 깨워서 할 일은 아니지 않나?

아니, 이유라도 제대로 알려주던가.

그놈의 '극비'가 뭔지 관리국장한테도 극비라니.

그 뒤에 붙인 말이 더 가관이다.

'열흘 내로 텐구가 사라질 겁니다.'

거기에 대한 투자라면?

새벽에 일어나 한두 시간 정도 야근을 한다 해도 아깝지 않다.

아니, 오히려 수지가 맞다 못해 어마어마하게 남는 장사지.

일본의 텐구라면 안 좋은 감정을 가지고 있는 이들이 수두룩하다.

단순한 반일 감정이 아니라 그들이 하는 작태를 보고 있자면 범죄 집단과 다를 게 없는 놈들이기 때문이기도 하고, 무엇보다 반일 감정을 돋우는 짓만 한다.

그런 놈들이 대한민국. 게다가 수도인 서울의 중심이라 부를 수 있는 강남에서 폭탄을 터뜨렸다. 수백 명이 모여 있는 클럽에서.

그것도 사람 하나를 죽이기 위해서.

이 사실이 알려지면 텐구는 알아서 매장을 당할 것이다.

기분이 좋아야 당연한 건데, 좋진 않다.

"흐음."

패러독스의 신혁돈.

지구상에 살고 있는 사람이라면 누구라도 알 법한 이름이다.

그 사람과 연을 대기 위해서라면 신분은 물론이거니와 원하는 모든 것을 들어줄 이들도 수두룩하다.

그럼에도 기분이 상하는 것은 어쩔 수 없다.

남자의 자존심인가.

결국 오훈은 고개를 휘휘 저었다.

기분이 상한 건 상한 거고, 해야 할 일은 해야 하니까.

'이남정, 이놈… 관리국으로 돌아오기만 해봐라.'

　　　　　*　　　　　　*　　　　　　*

인천공항으로 향하는 도로를 달리는 차 안.

"관리국 국장까지 연결할 필요가 있었나?"

윤태수가 운전을 하다 룸미러를 바라보며 물었다.

이남정은 고개를 숙인 채 핸드폰 화면을 들여다보고 있다가 대답했다.

"가장 빠르지 않겠습니까."

"그건 그렇지만……."

빠르다고 한들 소 잡는 칼로 닭을 잡진 않는다.

"뭐 결과가 좋으면 된 거 아니겠습니까."

윤태수는 고개를 끄덕이며 신혁돈의 얼굴을 살폈다.

지금까지 보아온 신혁돈의 얼굴 중, 가장 표정이 없었다.

안 그래도 감정 표현이 없는 양반이 저러고 있으니 괜히 어색했다.

한 시간 전,

"지금 일본 간다고."

"...예?"

"텐구, 끝낸다. 너무 오래 끌었어."

신혁돈에게도 그런 마음이 조금 있긴 했다.

자신에 의해 미래가 바뀌면 어떻게 하나.

알고 있는 것들이 전부 달라져, 대응할 수 없는 미래가 다가온다면?

그로 인해 자신, 그리고 자신의 주변 사람들이 죽는다면 어떻게 해야 할까.

그래서 신혁돈의 행보에는 조금씩 망설임이 있었다.

한데 그게 지금 사라졌다.

저번 삶, 신혁돈은 미래는커녕 한 치 앞도 고민하지 않고 살았다.

지켜야 할 것이 없었고, 그저 자신의 마음대로 살아왔기에 고민할 필요가 없었다는 것이 옳다.

하지만 이번 삶은 조금 달랐다.

끝까지 자신의 뒤에 남아준 이들을 지키고 싶었고, 그래서 그렇게 행동했다.

그랬더니 엄한 사람이 죽었다.

이남정의 후임도, 장미도 일면식이 없는 사람들이 죽어나간다.

어차피 미래는 달라지기 시작했다.

떵떵거리며 살아야 할 최태성이 죽었고, 마이더스가 무너졌다.

'이제 후회할 일을 남기지 않겠다.'

그 첫 번째 목표는 텐구였다.

그때 신혁돈의 눈빛을 본 윤태수는 아직까지도 신혁돈에게 말을 걸지 못하고 있었다. 이남정 또한 달라진 기색을 읽고 별말은 하지 않았다.

하지만 묘하게 흥분해 있었다.

드디어 복수를 할 수 있다는 생각에 몸이 근질근질한 것이다.

그의 옆에 앉아 있던 백종화는 이남정이 계속 들여다보고 있는 핸드폰의 액정을 바라보았다.

거기엔 두 남자의 사진이 띄워져 있었다.

왼쪽에는 이남정이 서 있었고 오른쪽에는 얼굴을 모르는, 앳된 얼굴의 사내가 해맑게 웃고 있었다.

백종화는 자신도 모르게 혀를 차며 고개를 돌렸다.

'저 사람이군……'

이야기로 들었던, 오십에게 당했다는 후임이 바로 저 사진 속 주인공일 것이었다.

창밖으로 시선을 던진 백종화의 눈에 유리에 비친 윤태수의 옆얼굴이 들어왔다.

만약 텐구에 손에 윤태수가 죽는다면? 안지혜가 죽는다면?

'…나도 저러겠지.'

백종화는 괜히 불편해지는 가슴 한구석을 애써 누르며 눈을 감았다.

공항에 도착하자 관리국 직원 하나가 마중을 나왔다. 네 벌의 정장과 여권, 그리고 신분증과 돈이 담긴 지갑까지 준비되어 있었다.

"30분 뒤 출발하는 비행기입니다."

방금 전투를 마치고 온 세 사람을 위한 오훈의 배려였다. 이남정은 세 사람이 옷을 갈아입는 것을 멀뚱멀뚱 바라보다 자신 또한 옷을 갈아입고 차에서 내렸다.

그리고 30분 뒤.

네 사람을 태운 비행기가 일본으로 향했다.

*   *   *

아무리 신혁돈이라도 자신의 나라가 아닌 일본에서 마음대로 일을 벌일 순 없다. 게다가 이쪽은 넷. 상대는 일본 각성자의 한 축을 담당하는 거대 길드다.

비웅주구 하나만을 두고 보면 모르겠지만 텐구 전체를 상대하는 것은 무리가 있는 일이다.

그렇다고 신혁돈 성격에 일본까지 와서 비웅주구만을 처리하고 돌아갈 것이라 보긴 힘들다.

그럼 계획이 있다는 건데.

일본으로 향하는 비행기 안.

그 계획이 궁금했던 윤태수가 물었다.

"어떻게 하실 겁니까?"

"죽인다."

"…다 말입니까?"

"그래."

잠자코 듣고 있던 백종화가 고개를 저었다.

"아무리 형님이라도 무립니다. 무슨 방법이 있으신 겁니까?"

이남정 또한 궁금해졌는지 신혁돈의 눈치를 살폈다.

"도착하면 이야기해 주지."

신혁돈이 텐구를 차후의 일로 미뤘던 이유.

그레이트 화이트 홀 때문이었다.

아시아의 첫 그레이트 화이트 홀은 일본, 나리타에 나타난다.

그곳에서 나타나는 몬스터는 고르곤.

외관만 봐서는 거대한 검은 소처럼 보이는 괴물. 하지만 용암이 들끓는 것과 같은 검은 피부, 숨결과 함께 뿜어지는 용암과도 같은 불길. 그리고 거대한 뿔을 보는 순간 '소'라는 생각은 나지 않는다.

그저 괴물일 뿐이다.

그런 괴물이 나리타에 나타난다.

저번 삶 아무것도 예측하지 못했던 일본은 고르곤에게 나리타라는 도시 하나를 잃었다.

일본의 거대 길드들이 나서 고르곤을 잡아내긴 했지만 천문학적인 재산 피해와 엄청난 인명 피해를 낸 뒤의 일이었다.

그 뒤로 일본은 에르그 에너지 탐지 기술에 집중하기 시작하고, 세계에서 제일가는 에르그 탐지 기술 능력을 보유하게 된다.

'그 일도 변하겠군.'

이번엔 신혁돈이 고르곤을 사냥할 것이다.

그로 인해 나리타는 무사하게 될 것이고 일본이 에르그 에너지 탐지 기술에 집중하는 일 또한 없는 일이 될 것이다.

어쨌건, 신혁돈은 그레이트 화이트 홀과 함께 텐구를 처리하려 했다.

텐구에 정보를 흘려 자신을 습격하게 만든 뒤 고르곤과 함께 정리하는 방법을 사용하려 했으나 생각이 달라졌다.

'지옥을 보여주마.'

텐구 놈들 본거지에 그레이트 화이트 홀을 열어줄 생각이다.

신혁돈은 차원문을 열지 못한다.

아니, 지구상에 존재하는 그 어떤 기술로도 차원문을 여는 방법은 없고, 미래에도 없을 예정이다.

하지만 그레이트 화이트 홀을 '유도'하는 방법은 있다.

먼 훗날, 미국에서 에르그 에너지를 유통해 신에너지를 개발하던 회사가 있었다.

그들은 에르그 에너지를 특수 재질로 만들어진 용기에 담는 방법을 개발해냈고, 에르그 에너지의 운송까지 성공했다.

그리고 사고가 났다.

에르그 코어를 잔뜩 싣고 가던 트럭이 테러를 당한 것이다.

여기서 누가 테러를 벌였는가는 중요하지 않다.

결국 에르그 코어 용기가 실린 트레일러가 터져 버렸고, 그곳에 있던 모든 엄청난 양의 에르그 에너지는 대기 중으로 흩어져 버렸다.

그 사건 하루 뒤.

사건 현장에 예정에도 없던 그레이트 화이트 홀이 생겨나 버렸다.

이 사건을 토대로 인류는 실험을 하기 시작했고 결국 밝혀냈다.

자연에 존재하는 에르그 에너지보다 훨씬 많은 양의 에르그 에너지를 터뜨릴 경우 강제적으로 그레이트 화이트 홀을 열 수 있다!

신혁돈은 이 방법을 사용할 생각이다.

그 누구도 예측하지 못하는 방법으로, 막을 수도 없는 공포를 선사해 줄 것이다.

*　　　　*　　　　*

나리타에 도착한 신혁돈 일행은 곧바로 호텔을 잡았다.

"다른 사람들은 이틀 뒤 비행기로 넘어오기로 했습니다."

신혁돈은 고개를 끄덕인 뒤 시계를 보았다.

현재 시각은 8시.

"하루 쉬고 이동한다."

"…예?"

차원지기와 전투를 벌인 뒤 단 한 시간도 쉬지 못하고 일본까지 날아온 덕에 피곤이 머리끝까지 차 있는 그들이었다.

당연히 쉴 시간을 줄 것이라 생각하긴 했지만 하루나 주다니.

알 수 없는 감동을 느끼던 윤태수는 머리를 휘휘 저었다.

'노예가 제 족쇄가 더 크다고 자랑하는 거랑 뭐가 달라 이게.'

윤태수가 한숨을 내쉬는 사이 신혁돈이 자신의 작전을 설명하기 시작했다.

모든 작전을 들을 윤태수의 입이 떡 벌어졌다.

"…맙소사. 그레이트 화이트 홀을 인간의 마음대로 여는 게 가능하단 말입니까? 아니, 그보다 그만한 양의 에르그 코어는 어떻게 구할 거고, 어떻게 들고 나오실 생각이십니까?"

신혁돈은 대답 대신 윤태수를 바라보았다.

그리곤 품에서 손가락만 한 보석 하나와 손톱만 한 보석 하나를 꺼내들었다.

"그게… 뭡니까?"

어디서 본 적이 있는 것 같은 에르그 에너지가 느껴지긴 했다.

에르그 에너지를 품고 있는 보석.

가만히 생각하던 윤태수의 눈이 크게 뜨였다.

"차원지기의 심장!"

어마어마한 양의 에르그 에너지를 보유하고 있는 에르그 코어 그 자체!

"맙소사, 두 개나?"

백종화의 눈이 동그랗게 뜨였다.

"하난 듀라한이고… 하난 브리아레오스겠군. 말씀이 없어서 잊고 있었는데 이럴 때 쓰려고 숨겨 두신 겁니까?"

"숨긴 적 없다."

그저 따로 말하지 않았을 뿐이다.

그러자 윤태수가 물었다.

"근데 왜 그렇게 작습니까?"

"에르그 코어가 작아진 것과 같다. 에르그 에너지가 일정 이상으로 모이면 응축되게 마련이다."

그의 말에 백종화가 크게 고개를 끄덕이며 말했다.

"하긴 계획이 없을 양반이 아니지."

"그건 그렇지만… 그건 그렇다 칩시다. 나리타 시내에서 고르곤을 풀어놓으면 민간인들이 수도 없이 죽을 겁니다."

"텐구 본거지가 어디 있는지 모르나?"

윤태수가 천천히 고개를 끄덕이자 신혁돈이 말했다.

"나리타 옆, 인바 늪이라는 거대한 늪지대가 하나 있다. 자연적인 에르그 에너지가 풍부해 수많은 차원문들이 수시로 생겨나는 곳이지. 그 덕에 민간인들의 출입은 자연스레 끊기게 되었고, 그 이후로 텐구가 땅 전체를 매입해 버리면서 텐구의 영역이 된 곳이 있다."

처음 알았는지 윤태수와 백종화가 고개를 끄덕였고 이남정은 알고 있다는 듯 고개를 끄덕였다.

같은 동작에 다른 표정을 지은 이들이 서로를 보다 신혁돈에게 물었다.

"그럼… 차원지기의 심장 두 개를 텐구의 본진에서 터뜨려 버린 뒤 거기서 고르곤이 나와서 설치는 걸 보다가 힘이 좀

빠진다 싶으면 고르곤, 텐구 둘의 막타를 친다. 이런 계획인
겁니까?"

신혁돈은 고개를 끄덕였고 이남정은 벌떡 일어서더니 박
수를 쳤다.

"전 솔직히 말해서 혁돈 형님이 제 일에는 아무런 관심이
없는 줄 알았지 뭡니까. 그런데 이런 훌륭하고 아름답고 완
벽한! 계획을 가지고 계실 거라고는 생각도 못했습니다!"

그리곤 고개를 숙여 신혁돈에게 감사를 표했다.

신혁돈은 대충 고개를 끄덕인 뒤 말했다.

"일단 쉬어라."

세 사람이 고개를 끄덕이며 늘어지자 신혁돈은 곧바로 나
갈 채비를 했다.

"…형님은 안 쉬십니까?"

"할 일이 있다."

"…돕고 싶지만 일단 제 몸이 먼저기에 저는 쉬러 들어가
겠습니다. 고생하십시오."

신혁돈은 고개를 끄덕여준 뒤 호텔을 나섰다.

단 한 번도 해보지 않은 일.

게다가 충동적으로 결정한 작전.

틀어지지 않기 위해서는 그만큼 철저한 계획이 필요할 것
이다.

신혁돈은 완벽한 복수를 위해 움직이기 시작했다.

　　　　　*　　　　　*　　　　　*

　신혁돈이 굳이 일본까지 날아온 이유,

　이것은 일종의 선전포고와도 같다.

　패러독스, 그 주변 사람들을 건드리면 어떻게 되는지 보여
주마.

　신혁돈을 건드리면 무조건 죽는다.

　그것을 텐구를 통해 보여줄 생각이다.

　신혁돈의 행보에 전 세계의 이목이 집중된 지금, 그를 시
기하고 질투하는 이들 또한 서서히 움직임을 준비하고 있을
것이다.

　그들이 움직이기 전에 미리 보여줄 필요가 있다.

　신혁돈을 건드리면 어떻게 되는지에 대해서.

　곧 신혁돈의 앞에 택시가 섰고 택시에 올라 문을 닫는 순
간.

　누군가 택시의 문을 붙잡았다.

　"같이 갑시다."

　이남정은 피곤하지도 않은 지 눈을 번들거리며 택시 뒷자
리에 올랐다.

　신혁돈은 대충 고개를 끄덕여준 뒤 택시 기사에게 인바
늪으로 가달라 말했고, 곧 눈을 감았다.

신혁돈이라 한들 무한한 체력을 가진 것은 아니다. 쉴 때는 쉬어줘야 하고 먹을 땐 먹어야 한다.

눈을 감자마자 잠이 든 신혁돈을 본 이남정은 왜인지 맥이 탁 풀리는 느낌이었다.

자신도 피곤하긴 하다.

그렇다고 잠이 올 것 같진 않았다.

이남정은 슬쩍 눈을 감았다가 떴다.

어젯밤, 신혁돈에게 전화가 온 뒤부터 눈을 감을 때마다 후임, 표경태의 얼굴이 떠오른다.

원망이나 회한 같은 감정이 담긴 눈빛도 아닌, 그냥 이남정을 바라보고 있는 것과 같은 눈으로 계속 아른거린다.

어떻게 보면 무식한 짓 하지 말라고 말리는 것 같기도 하다.

'미안하다.'

이남정은 시큰해진 코끝을 문지르고는 창밖으로 시선을 던졌다.

지켜주지 못한 것에 대한 후회.

멍청했던 자신에 대한 자조.

한 손으로 얼굴을 슥슥 문지른 이남정이 핸드폰 화면을 키곤, 사진을 보았다.

이건 표경태의 복수라기보다는 이남정 자신에게 남은 감정의 앙금을 없애려는 게 더 크다.

이남정 본인도 그걸 안다.

그래서 더 참을 수가 없다.

그게 더 엿 같아서 눈을 감을 수도, 가만히 있을 수도 없었다.

         *   *   *

인바 늪을 위성으로 보면 대가리가 큰 '7' 자로 보인다.

둘레만 20㎞는 되는 거대한 늪이며, 전체적인 크기만 보자면 늪이 아니라 호수로 보일 정도.

위아래로 물길이 연결되어 있어 원래는 큰 논과 밭이 즐비해 있던 곳이 바로 인바 군이다.

하지만 차원문이 밀집되면서 '홀'이 생겨났고, 그 때문에 농사를 지을 수 없게 되자 텐구가 인수해 버린 곳이 바로 이곳이다.

인바 늪에 도착한 이남정은 더욱 눈을 번들거리기 시작했다.

바로 이곳이 텐구의 본산이다.

꿀꺽하고 마른 침을 삼킨 이남정은 주변을 둘러보았다.

3미터는 될 법한 높은 돌담이 끝을 모르고 늘어서 있고 입구는 하나뿐이다.

혹시 모를 차원문 붕괴를 대비해 시간이라도 끌 수 있도록 높은 돌담을 세워둔 것이다. 밖에서 들어오는 침입자를 막는 역할도 겸하는 것은 당연하다.

인바 늪의 입구, 즉 텐구 길드의 입구에 서서 멀뚱거리는 두 사람에게 가드들의 시선이 집중되었다.

텐구의 입구를 지키는 이들, 당연히 각성자들이었고 위협적인 일본도를 허리춤에 찬 채 손잡이에 오른손을 올려둔 상태였다.

이남정은 그들과 눈을 마주치자 죽일 듯 노려보며 신혁돈에게 물었다.

"어떻게 하실 겁니까? 그냥 뚫고 들어갑니까?"

"아니, 일본어 할 줄 아나?"

이 양반, 일본어도 할 줄 모르면서 여기까지 온 것인가?

만약 자신이 따라오지 않았다면 어떻게 하려고?

이남정이 당황한 목소리로 대답했다.

"어느 정도 할 줄 압니다만."

"그럼 가서 말해. 신혁돈이 왔다고."

이남정은 고개를 모로 꺾으며 의문을 표했지만 따로 묻진 않았다. 대신 가드들에게 다가가 말했다.

"패러독스의 신혁돈, 그리고 이남정이다."

자신들에게 다가오는 두 사람을 보며 껄렁거리고 있던 가드들은 이남정의 입에서 튀어나온 말에 사색이 되었다.

"왜… 왜 오신 겁니까?"

이남정은 그대로 통역해 주었고 신혁돈은 간단히 말했다.

"경고하러."

이남정의 통역을 들은 두 사람의 얼굴에도 의문이 떠올랐다.

경고?

지금까지 신혁돈이 했던 경고는 전부 엄청난 일의 전조나 다름없었다.

그가 말하는 것은 모두 사실로 이루어졌으니까.

그런 사람이 텐구의 본사까지 직접 왔다?

가드들은 발등에 도끼라도 떨어진 듯 후다닥 안으로 달려 들어갔다.

전화통에 불이라도 난 듯 보고가 오가고, 신혁돈의 위치를 파악하지 못한 정보팀의 대가리가 깨져나가는 것이 훤히 보이는 듯했다.

멍하니 서 있길 5분.

가드와 같이 무장한 차림새가 아닌 양복을 쫙 빼입고 반쯤 머리가 벗겨진 사내가 헐레벌떡 달려 나왔다.

각성자가 아닌지, 남산만 한 배에 손을 얹고 숨을 헐떡대는 것이 영 꼴사나웠다.

달려 나온 이는 몇 번의 심호흡으로 숨을 고른 뒤 말했다.

"텐구 관리부장 마에다입니다."

관리부.

이름만 들어서는 무얼 하는지 모를 집단이지만 실질적으로 텐구를 움직이는 중추 부서다.

텐구의 모든 것을 관리한다 해서 붙여진 이름 관리부.

그들의 머리에 있는 사내가 직접 마중을 나온 것이다.

그것도 버선발로 뛰어 나와서.

이렇게까지 환대를 받을 줄 몰랐던 이남정은 살짝 놀란 표정을 지었다가 피식 웃음을 흘렸다.

'이 새끼들, 혁돈 형님이 지들 죽이러 왔다는 걸 알면 무슨 표정을 지을까.'

상상만 해도 즐거웠다.

        *   *   *

신혁돈의 행보는 전 세계가 지켜보고 있다.

한데, 텐구는 몰랐다.

자기들의 땅에 신혁돈이 들어왔다는 사실도, 그가 텐구의 본사를 찾아와 경고를 하기 위해 움직인 것이라는 것조차도.

정보부의 무능함을 따지기엔 늦었다.

이를 드러내고 분노를 토하려던 텐구의 길드장, 일명 텐구라 불리는 사내는 결국 분노를 삼키고 잇새로 거친 숨을 뱉어냈다.

항상 쓰고 다니는 붉은 텐구 가면이 부르르 떨릴 정도로 큰 숨.

그 분노를 읽은 이들이 절로 몸을 숙여 바닥에 머리를 박았다.

오체투지를 한 수뇌들을 슥 훑은 텐구는 붉은 텐구 가면의 이마 부분을 톡톡 두들기며 말했다.

"이리로 온다고?"

"예, 마에다가 마중을 나갔고, 지금 이리로 오고 있습니다."

"목적은?"

"경고라고 합니다. 지금까지 패러독스의 행적을 분석해 보았을 때, 화이트 홀에 관한 것일 가능성이 높습니다."

그 정도는 자신도 알고 있다.

문제는 신혁돈과 텐구의 관계.

신혁돈이 머저리가 아닌 이상 비응주구가 자신을 습격했다는 것을 알고, 주변 사람들 또한 노려졌다는 것을 알고 있을 것이다.

게다가 이번 작전이 실패한 지 하루도 지나기 전에 자신들의 감시망을 피해 일본으로 날아왔다.

절대 좋은 목적을 가지고 온 것이 아닐 것이다.

그렇다면?

"일(一)을 불러라."

"예."

*　　　*　　　*

마에다가 도착하고 얼마 지나지 않아 차 한 대가 도착했다.

마에다와 함께 차에 오르자 출발했고, 마에다는 텐구 님께로 모시겠다 말했다.

신혁돈은 대충 고개를 끄덕인 뒤 주변을 살폈다.

늪을 둘러싼 농업지대 전체를 개조한 것인지 사방에 건물이 세워져 있었다. 현대식 건물이 높낮이 구분 없이 이리저리 서 있고 그 사이사이 차들이 오가고 있었다.

괴물의 사체가 실려 있는 것도 있고 사체의 흔적만 남은 것도 있었다.

"거의 도시라 봐도 무방하겠습니다."

"그냥 도시지."

생활 시설은 물론이거니와 패스트푸드점도 이곳저곳 보였다. 각성자들뿐만 아니라 일반인들도 돌아다니는 데다 멀리 주거 지역으로 보이는 아파트 몇 채도 있었다.

주변을 살피는 사이, 신혁돈과 이남정을 태운 차가 일본 전통 양식으로 지어진 건물 앞에 도착했다.

얼핏 인터넷에서 보았던 오사카 성이 떠오르는 위용 넘치는 건물. 건물이라기보다는 성이라는 단어가 어울릴 법한 건축물이었다.

바깥에 지어진 돌담보다 높은 돌담이 지어져 있고 그 안으로 삼각형과 사각형이 절묘한 조화를 이룬 성이 높다랗게 지어져 있었다.

이남정은 손가락을 이용해 층을 세어보더니 말했다.

"8층이네."

그사이 마에다가 입구로 향하며 두 사람을 안내했고 두 사람은 성을 한 번 훑어본 뒤 안으로 향했다.

전통 방식을 그대로 고수한 것인지 엘리베이터조차 없었다.

"텐구 님께선 8층에 계십니다."

말을 마친 마에다는 뚱뚱한 몸을 이끌고 계단을 오르기 시작했고 신혁돈과 이남정은 느릿한 속도로 그의 뒤를 따랐다.

마에다는 3층을 넘어갈 때쯤 헉헉거리며 무릎을 붙잡고 계단을 올랐다.

쯧하고 혀를 찬 신혁돈이 이남정에게 말했다.

"먼저 간다."

말을 마친 신혁돈은 마에다를 지나쳐 먼저 올라가 버렸다. 마에다가 무어라 소리치긴 했지만 일본어를 모르는 신혁돈이 말을 들을 리도 없었고, 막을 방법조차 없었다.

마에다가 억울하다는 듯 이남정을 바라보았지만 이남정은 어깨를 으쓱한 뒤 '먼저 간다' 말하고 신혁돈의 뒤를 따랐다.

두 사람이 순식간에 8층에 도착하자 입구에 서 있던 가드들의 표정이 일그러졌다.

"마에다 상은 어떻게 되었습니까?"

"아래."

이남정의 대답에 가드들의 표정이 조금은 펴지며 뒤를 돌아 두 사람이 도착한 것을 알렸다.

그리고 곧 일본 특유의 미닫이문이 탁! 탁! 소리를 내며 열리기 시작했다.

여덟 개쯤 쯤 열리자 30미터 정도 뒤에 방석 위에 정좌를 하고 앉아 있는 이들이 보였다.

두 사람이 들어서려는 순간.

"무기는 두고 가야 할 겁니다."

가드 중 하나가 신혁돈이 들고 있는 워해머를 가리키며 말했다. 이남정이 통역을 해주지 않아도 알아들을 수 있는 내용.

신혁돈은 대답 대신 워해머를 가드에게 건넸다.

순순한 반응에 만족한 얼굴이 된 가드가 워해머를 받아든 순간.

콰직!

신혁돈이 손을 놓았고 워해머의 무게를 이기지 못한 가드가 손잡이를 놓쳤다. 그리고 워해머가 그의 발등으로 떨어졌다.

"끄아아아아!"

갑작스러운 소란에 가드들이 무기를 빼들며 신혁돈에게 들이밀었다.

그러자 신혁돈은 능글맞은 표정으로 어깨를 들썩였고 이남정이 대신 말했다.

"달래서 줬을 뿐이다."

무어라 하고 싶었지만 그들 또한 봤다.

가드가 무기를 놓쳐서 발등을 찍혔을 뿐이다. 다른 것은 아무것도 없다.

한데 발등을 찍힌 가드가 별 난리를 피워도 워해머가 꿈쩍을 하지 않는다. 가드들은 당황하며 워해머를 치우려 했지만 두 사람이 달라붙어도 꿈쩍할 뿐, 들 수가 없었다.

"이 새끼! 무슨 짓을 한 거냐!"

통역이 없어도 알아들을 수 있는 말. 신혁돈은 다시 한번 어깨를 으쓱였다.

가드들은 쉽사리 무기를 휘두르지 못하고 신혁돈과 워해머를 번갈아 보며 어찌할 바를 모르고 있었다.

"이 개자식이!"

그때 분을 참지 못한 가드 하나가 신혁돈의 어깨를 향해 검을 휘둘렀다.

목을 칠 순 없으니 상처라도 입혀 고분고분하게 만들겠다는 의지가 가득 담긴 공격.

신혁돈은 굳이 피할 생각이 없었다.

대신 몬스터 폼을 발동시켰다.

탱!

가드의 검이 신혁돈의 어깨를 친 순간, 금속성과 불꽃이 터지며 가드의 검이 튕겨 나왔다.

"…이게 무슨?"

가드는 공격을 이을 생각조차 하지 못하고 신혁돈을 바라보았다.

그 순간.

탁!

마지막 미닫이문이 열리며 붉은 텐구 가면을 쓴 사내의 모습이 나타났다. 순간 비명을 지르던 가드조차 입을 다물었고 정적이 내렸다.

그사이를 비집고 붉은 가면의 사내가 말했다.

"그쯤 하고 들어오시오."

신혁돈은 고개를 끄덕인 뒤 가드의 발등에 박혀 있는 위해머를 한 손으로 집어 들었다.

가드들은 제지할 엄두조차 내지 못하고 두 사람이 무기를 든 채 텐구에게 걸어가는 것을 보고만 있을 뿐이었다.

        *   *   *

　이남정은 긴장이 되는지 양손을 쥐었다 폈다를 반복하며 신혁돈의 뒤통수를 바라보았다.

　여전히 표정이 없는 얼굴이었다.

　워해머의 무게 탓인지 바닥에 깔린 다다미가 신혁돈이 한 걸음 내딛을 때마다 비명을 질러댔다.

　한 손에는 피가 묻은 워해머를 든 채 신혁돈은 껄렁하지도, 그렇다고 예를 차린 것 같지도 않은 걸음으로 텐구의 앞까지 걸었다.

　양옆으로 네 명씩 총 여덟 명의 사람이 방석을 깔고 앉아 있었고 앞에는 텐구가 있다.

　여덟 명의 흉흉한 기세에도 신혁돈은 아무런 기색 없이 워해머의 헤드를 바닥에 내려놓았다.

　쿵!

　그와 함께 바닥의 다다미에 피가 튀었지만 그것을 신경 쓰는 이는 없었다.

　이남정은 그의 옆에 선 채 텐구를 바라보았다.

　일본의 영웅.

　일본에서 가장 강한 사내.

붉은 텐구 가면의 남자.

모든 사건의 원흉.

그가 바로 눈앞에 있었다.

이남정이 눈을 번들거리는 사이, 침묵이 길어졌다.

결국 침묵을 참지 못한 쪽은 텐구 쪽이었다.

"미안하네."

생각보다 걸걸하고 낮은 목소리가 울렸다.

적어도 40대 초반에서 중반.

이남정이 텐구에 대해 파악하는 사이, 신혁돈이 헛웃음을 흘렸다.

하루 종일 아무런 표정도 없던 사람이 웃음을 흘리자 이남정의 시선이 그에게로 향했고, 웃고 있지 않는 눈을 보았다.

입꼬리만 비죽 올라간 모습.

그때 신혁돈이 말했다.

"무엇이?"

이남정은 묘하게 소름이 돋는 것을 느끼며 통역을 해주었다. 그러자 텐구가 가면 위로 손을 들어 자신의 이마를 톡톡 건드렸다.

무슨 의미가 있나 싶어 자세히 봤지만 딱히 의미가 있는 제스처가 아닌, 생각할 때 나오는 버릇인 것 같았다.

"비응주구가 한 일에 대해 사과하네."

이남정은 통역을 하면서도 미간을 구겼다.

자신의 잘못을 인정하긴 했으나, '비응주구'를 들먹이면서 자신이 시킨 것이 아닌, 그들이 한 일이라 말한다.

'능구렁이 같은 새끼……'

당장에라도 가면을 벗겨버리고 그 아래서 뛰놀고 있을 혓바닥을 쭉 뽑아버리고 싶었다.

"너의 지시는 없었다?"

"그렇다네."

그러니 우리는 용서하고 비응주구 선에서 끝내자는 의미.

이 정도면 텐구 또한 많은 것을 양보한 것이다.

대형 길드에서 이 정도로 쪽을 팔린 뒤에도 자신이 가진 것을 양보한다는 것은 쉬운 일이 아니다.

한 번 얕보이기 시작하면 끝도 없이 얕보이며 뒤처지는 곳이다.

상식적으로 보면 그렇지만, 신혁돈은 양보를 바란 적이 없다. 무엇보다 말로 끝낼 생각도 없고.

"정보 단체가 수뇌의 허락 없이 움직였다는 걸 믿으란 소린가?"

통역을 들은 텐구가 단호히 고개를 저었다.

"우리와 비응주구는 패러독스와 더 가드와 같은 관계라네. 협력 단체일 뿐이야. 즉, 그들이 우리에게 보고할 의무는 없고, 우리 또한 그들을 지켜줄 의무는 없다네. 그들의 실수로 일을 그르쳤으나 나에게도 책임이 있다 생각해 사과하는 것이지, 내가 연관되어 있는 일은 단 하나도 없어."

긴 말의 요지만 뽑아 통역한 이남정은 끝에 말을 덧붙였다.

"저거 다 개소립니다."

이남정이 말을 덧붙일 필요도 없이 신혁돈은 여전히 입꼬리를 올리고 있었다.

그제야 이남정은 고개를 끄덕였다.

신혁돈은 연극을 하고 있는 것이다.

어디까지 나오는지, 무슨 말을 하는지 보기 위해서 대사를 맞춰주고 있는 것뿐이다.

신혁돈이 어떤 결정을 내렸는지, 무엇을 할지 모두 아는 상황에 신혁돈이 연극을 하고 있는 것을 보고 있자니 어쩐지 웃음이 났다.

그때, 두 사람이 입장하며 닫혔던 미닫이문들이 다시 탁! 탁! 소리와 함께 열리기 시작했고, 삼십 대 중반으로 보이는 사내가 들어왔다.

그는 8인에게 인사를 건넨 뒤 두 사람을 지나 텐구의 앞에 섰다. 그리곤 무릎을 꿇고 머리를 바닥에 박으며 인사를 올렸다.

"일(一), 텐구의 부름에 응했습니다."

타이밍이 좋지 않다.

방금 비웅주구와 관계가 없다 말했거늘 그들의 수장인 일이 와서 오체투지를 한다니.

이남정은 웃음 대신 혀를 차며 말했다.

"새끼들, 입도 못 맞출 거짓말은 왜 하고 지랄이래."

이남정이 흘리지 못한 헛웃음을 신혁돈이 대신 흘렸다.

텐구는 다시 한 번 이마를 두들기기 시작했다.

"일어서라."

그제야 일어선 일은 분위기가 이상해진 것을 깨닫고 뒤를 돌아보았다.

그리고 그제야 신혁돈의 얼굴을 보고 말했다.

"신… 혁돈… 네가 어째서……."

두 사람이 이곳에 있다는 사실을 진짜 몰랐던 모양이다.

그도 그럴 것이 모든 것을 걸었던 십(十)이 작전을 실패했다.

당장에라도 목이 떨어져도 이상하지 않을 상황.

일은 텐구의 내부로 들어와 처분을 기다리는 상태였고 그런 와중에 텐구가 직접, 자신의 방으로 불렀다.

죽거나, 혹은 새로운 기회를 받거나.

두 가지 방향의 목적지가 너무 다른지라 일은 아무런 생각조차 들지 않았다.

그래서 두 사람을 보지 못했다.

아니, 봤다.

하지만 인지하지 못했다.

사진, 동영상으로 그토록 봤던 신혁돈의 모습이거늘 인지하지 못할 정도로 일의 정신이 무너져 있던 것이다.

일이 말을 더듬다 못해 몸을 떨었다.

이제야 모든 상황이 머릿속에 그려지고 있을 것이다.

대외적으로 비응주구와 텐구는 아무런 관계가 아니다.

하물며 비응주구의 암살 기도를 정면으로 받아치고 있던 신혁돈 앞에서라면 눈도 마주쳐서는 안 되는 게 맞다.

그런 와중에 오체투지를 하고 인사를 올린다니.

일이 눈을 감으며 무릎을 꿇었다.

그리곤 혀를 깨물었다.

콰득!

모든 죄를 자신이 지려는 것이라 포장할 수도 있겠지만, 지금 상황에서는 죽음으로 모든 상황을 외면하려는 현실도 피일 뿐이다.

물론 편히 죽게 둘 생각도 없다.

신혁돈은 꾹 다문 입 사이로 피를 삼키는 일을 향해 손을 뻗었다.

그 순간 신혁돈의 손에서 노란 빛이 흘러나와 일의 몸으로 흘러 들어갔다.

잘린 혀에서 출혈이 멎자, 이상한 기운을 느낀 일이 눈을 떴다.

모종의 수가 발동된 것을 느낀 일은 허리춤으로 손을 옮겼다.

하지만 잡히는 검은 없었다.

일의 시선이 방의 입구로 향했다. 텐구를 만나기 위해 두고 온 것이 그제야 생각이 난 것이다.

"쉽게 죽을 생각하지 마라."

텐구는 이런 오합지졸 집단이 아니다.

일본을 넘어 아시아 전역에 영향을 끼치는 어마어마한 집단이다.

아니, 그랬다. 저번 삶에서는.

15년이라는 사이 도대체 무슨 일이 있었기에 이런 오합지졸이 아시아의 패자라 불릴 정도로 성장할 수 있단 말인가.

하긴 15년이면 소년병 출신의 병사가 장군이 되기에도 충분한 시간이다.

신혁돈이 이남정을 보고 말했다.

"더 이상 볼 것도 없군."

"그럼……?"

"사흘 안으로 텐구는 없어진다고 전해라."

말을 마친 신혁돈은 볼 일이 끝났다는 듯 뒤로 돌았다. 이남정 또한 말을 마친 뒤 뒤를 돌았다.

나라를 잃은 듯한 일의 눈이 두 사람의 뒤를 따랐고, 그 순간 방에 있던 여덟 명의 수뇌가 일어서 두 사람을 감쌌다.

그리고 텐구가 말했다.

"원하는 게 뭔가."

신혁돈은 뒤도 돌지 않은 채 말했다.

"없다."

가면 아래 비친 텐구의 눈에 당황이 서렸다.

여기까지 찾아와서 한다는 말이 그것뿐이란 말인가?

상식적으로 이해가 되지 않는다.

경고를 하러 와서, 이틀 뒤 모두 죽을 것이라는 말을 남긴 뒤 돌아간다.

도대체 무엇에 의해?

어째서?

텐구는 눈을 굴리기보다 질문을 택했다.

"무엇에 의해?"

그제야 신혁돈이 뒤로 돌며 텐구와 눈을 맞추며 말했다.

"모순."

모순, 즉 패러독스. 자신들이라는 뜻이다. 당돌하다 못해 어이가 없는 말에 헛웃음이 날 법도 한데 웃음 대신 소름이 돋았다.

저 눈은 진심이다.

그리고 확신이다.

"…다시 묻지. 우리에게 원하는 게 뭔가?"

신혁돈은 대답 대신 뒤로 돌았고, 여덟 중 둘이 나서서 신혁돈의 앞을 가로막았다.

그들은 무기가 없다.

신혁돈의 손에는 피가 묻은 워해머가 들려 있고, 상황이 급박하게 돌아가는 것을 눈치챈 이남정 또한 너클을 착용한 상태였다.

순간, 텐구 눈이 번뜩였다.

지금 친다면?

피해가 있을지언정 죽일 순 있다.

국제사회의 시선?

자신들도 파악하지 못하게 은밀하게 움직인 신혁돈의 동선을 증명할 수 있는 이가 몇이나 되겠는가.

지금까지 그래왔듯, 아니라고 잡아떼면 뒤 시신은 인바 늪 차원문 어딘가에 던져 버리면 된다.

텐구의 눈이 흉흉하게 빛난 순간, 신혁돈이 뒤통수에 눈이라도 달린 듯 말했다.

"기회는 지금뿐이다."

마치 자신의 생각이 읽힌 듯한 느낌에 텐구가 크게 숨을 들이켰다.

"네가… 네가 자초한 일이다."

그의 말에 이남정이 분을 토했다.

"말 같지도 않은 개소리 지껄이고 있네. 자초? 개 같은 쪽

바리 새끼들이 남의 땅에서 설치다 사람 죽인 건 생각하지도 않고 자초? 네가 죽은 사람들의 가족은 생각해 봤나?"

"죽여!"

여덟 사람이 동시에 흉흉한 기세를 뿜어냈다.

그와 동시에 텐구 또한 검을 들고 일어섰다.

이남정이 긴장하며 신혁돈과 등을 맞댄 순간 신혁돈이 주머니에서 두 개의 돌을 꺼내며 말했다.

"에르그 에너지를 갈무리해라."

차원지기의 심장 두 개를 손바닥에 쥔 신혁돈이 손에 힘을 주었다.

그 순간.

까드득!

두 개의 돌이 깨지는 소리와 함께 방 안의 공기가 터져 나가듯 팽창했다. 그와 동시에 엄청난 에너지의 폭발이 신혁돈의 손에서 일어났다.

그와 동시에 폭풍이 일었다.

후우우우우우웅!

에르그 에너지가 실체화되어 눈에 보일 정도의 흐름을 만들어냈다. 마치 오로라가 출렁이듯 총천연색으로 빛을 뿜는 에르그 에너지는 신혁돈의 손을 중심으로 에르그 에너지의 폭풍을 만들어냈고, 방 안에 있던 모든 이들의 에르그 에너지를 흩어놓았다.

당장에라도 신혁돈을 치기 위해 에르그 에너지를 끌어 올렸던 여덟 명은 에르그 에너지가 폭주하는 것을 막기 위해 자세를 낮추었고, 텐구 또한 마찬가지였다.

그 와중에, 이남정은 멀쩡했다.

신혁돈의 말을 듣자마자 수도꼭지를 잠그듯 에르그 에너지를 끌어내던 것을 멈추고 갈무리했기 때문이다.

문제는 한 걸음도 움직일 수 없다는 것. 다른 이들이 고통에 찬 표정으로 에르그 에너지가 뭉쳐 있는 복부를 감싸고 있는 것에 비하면 그나마 괜찮다.

모두가 달팽이처럼 엎드린 사이 신혁돈은 텐구에게로 걸어갔다.

큰 에르그 에너지를 가진 만큼 고통스러워하고 있던 텐구의 시야에 신혁돈의 발이 보였다.

텐구가 고개를 든 순간.

신혁돈의 그의 가면을 향해 손을 뻗었다.

텐구는 신혁돈의 손을 피해 고개를 돌렸지만 그뿐.

몸 안에 있는 에르그 에너지가 요동치고 있는 이상 마음대로 몸을 움직일 수조차 없었기에 곧 신혁돈의 손에 잡히고 말았다.

신혁돈은 가면의 턱 부분을 쥔 뒤 위로 들었다.

신혁돈의 등에 가려 텐구의 얼굴은 보이지 않았지만 바닥에 쓰러진 여덟 명이 전부 고래고래 소리를 지르기 시작했다.

"이 새끼!"

"반드시 죽이겠다!"

"찢어 죽인다!"

텐구의 자존심과도 같은 가면이 벗겨진 것이다.

단 한 사람에 의하여.

자신들조차 본 적 없는 텐구의 맨얼굴이 단 한 사람에 의해 공개되었다.

그것도 자신들이 평소에 신경조차 쓰지 않던 한국인 단 한 명에 의해서.

가면을 멀리 던져 버린 신혁돈은 텐구의 턱을 쥐고 눈을 맞추었다.

좁은 볼과 튀어나온 광대, 작은 눈과 숱이 거의 없는 눈썹.

전형적인 옛 일본인의 얼굴이었다.

"죽기 싫으면 발악해라. 크게 소리 지르고, 빗장을 걸어 잠가라. 네가 할 수 있는 모든 걸 해라. 네놈이 안심할 수 있을 때까지. 그래야 죽이는 재미라도 있을 것 같으니까."

텐구의 눈에는 분노와 공포, 당황과 억울함이 뒤섞인 감정의 소용돌이가 휘몰아치고 있었다.

말을 마친 신혁돈은 텐구의 턱을 놓아버린 뒤 이남정의 등을 두들겼다.

그 순간.

한 걸음도 딛을 수 없던 몸이 편해지며 걸을 수 있게 되었다.

　이남정이 놀라서 감사를 표하려는 사이, 신혁돈은 어느새 멀리 걸어가고 있었다.

　텐구의 본산을 빠져나와 걷기 시작하자 이남정이 입을 열었다.

　"그 자리에서 다 죽이실 줄 알았습니다."

　"그렇게 쉽게 죽일 생각 없다."

　문득 최태성의 말로가 떠올랐다.

　가진 것을 모두 잃게 만들고 사람이 미칠 지경까지 몰아세운 뒤, 정신을 붕괴시킨다. 그리고 더 이상 무너뜨릴 게 없게 되었을 때야 그 사람을 죽인다.

　그게 신혁돈의 복수 방식이었다.

　이남정은 고개를 휘휘 저어 최태성을 떨치고 말했다.

　"그나저나 일이라는 사람, 그렇게 쉽게 무너질 놈이 비웅주구의 수장이었다는 게 믿기질 않습니다."

　"정신이 무너진 거다."

　한 사람에게 비웅주구라는 거대한 집단이 붕괴당했다.

　그것도 아무것도 하지 못한 채 손가락만 빨다가 반이 넘는 수하를 잃었다. 그것만으로도 화가 머리끝까지 솟을 터인데, 자신의 잘못으로 비웅주구 전체가 숙청을 당하게 생겠다.

그런 와중에 텐구 앞에서 거대한 실수까지.

생각의 회로가 멎는 것은 어찌 보면 당연하다 할 수 있는 일이다.

하지만 이틀 뒤에는 다를 것이다.

칼을 갈고 신혁돈의 목에 꽂기 위해 어떤 수라도 쓸 것이다.

이틀 뒤까지 볼 것도 없다.

당장에라도 공격이 시작될 가능성이 높다.

물론 신혁돈의 뒤를 잡을 수 있다는 가정 하에 하는 소리지만 말이다.

신혁돈의 말에 이남정은 고개를 끄덕였다. 전례가 있으니 이해하기 쉬운 덕이었다.

신혁돈은 인바 늪에서 멀리 떨어진 넓은 공터를 향해 걸었고, 이남정은 그의 뒤를 따르며 물었다.

"그래도 머리들은 좀 쳐두는 게 낫지 않았겠습니까? 아무리 그래도 우린 열하나고 저쪽은 수백인데 말입니다."

그의 말에 신혁돈이 피식 웃음을 터뜨렸다.

"왜 웃으십니까?"

"넌 네가 얼마나 강한지 모르지?"

"…예?"

넓은 공터에 도착한 신혁돈은 대답 대신 하늘을 바라보았고 이남정은 멍하니 신혁돈의 옆얼굴을 바라보았다.

얼마나 강하냐.

모른다.

지금까지 이남정이 상대해왔던 적은 죄다 몬스터였다.

즉 사람들이 정해놓은 등급으로 재볼 틈도 없이 강해졌고, 비교 대상은 몬스터 혹은 패러독스 길드원들뿐이었으니 자신이 얼마나 강해진지 실감이 나질 않았다.

게다가 신혁돈이라는 괴물이 눈앞에 떡 버티고 있다.

강해졌다 한들 신혁돈과의 격차는 줄어들긴커녕 더욱 벌어지는 느낌이었기에 자신이 가진 힘을 느껴볼 새도 없었던 것이다.

"…제가 얼마나 강합니까?"

"이번 기회에 깨닫게 해주마."

이남정은 신혁돈의 말에 왜인지 모르게 가슴이 뛰는 것을 느꼈다.

그때,

까아아악!

하늘을 찢어발길 듯한 거대한 포효가 이남정의 고막을 찔렀다.

이남정이 미간을 구기며 하늘을 올려보자 엄청난 풍압이 그의 뺨을 때렸다. 이남정이 간신히 눈을 떴을 때, 도시락의 모습이 보였다.

택시를 잡지 않고 이쪽으로 오는 데 이유가 있겠거니 했더니 도시락을 준비시켜 둔 것이다.

한데 도시락의 상태가 이상하다.

마치 화가 난 듯 깍깍거리며 포효를 멈추지 않았다.

이 정도 소리라면 텐구가 있는 인바 늪까지 들릴 정도.

이남정이 인바 쪽의 눈치를 살피며 신혁돈을 바라보았다. 하지만 신혁돈은 별소리 없이 도시락의 가슴깃털을 쓸어주고 있을 뿐이었다.

보통의 때였다면 시끄럽다고 머리를 쳐도 이상하지 않은 상황.

그제야 이남정의 머리에 비행기 안의 기억이 떠올랐다.

그곳에 도시락은 없었다.

"설마… 한국에서 여기까지 날아온 겁니까?"

도시락은 이남정의 말이 맞다는 듯 다리를 들썩거리며 빽빽거렸다. 거기에 확인 사살을 하듯 신혁돈이 고개를 끄덕여 주었다.

"…맙소사."

무슨 비행기도 아니고 한국에서 일본까지 날아온단 말인가.

그렇다면 도시락이 화가 나서 빽빽거리는 것도 이해가 된다.

"사료 사주마."

그럼에도 도시락은 쉬이 화가 그치지 않는지 계속해서 빽

삑거렸다.

"원 없이."

그 말에 도시락은 조금은 화가 풀렸는지 삑삑거리면서도 신혁돈의 손에 부리를 비벼대기 시작했다.

하는 모습이 영락없이 개다.

머리 좋은 개.

아니지, 지가 머리 좋은 줄 알고 나대는 개.

이남정은 고개를 휘휘 저은 뒤 말했다.

"도시락 타고 갑니까?"

"그래."

텐구에서는 분명 미행을 붙일 것이다.

그런 와중에 도시락을 타고 사라진다면?

말 그대로 닭 쫓던 개가 지붕, 아니, 하늘 보는 격이 되겠지.

큭큭거리는 이상한 웃음을 흘린 이남정이 도시락에게 다가가 말했다.

"나도 사료보다 좋은 거 사주마."

그러자 도시락은 완전히 화가 풀렸는지 홰를 몇 번 치더니 몸을 낮추었다.

"가자."

*　　　　　*　　　　　*

그날 저녁이 돼서야 일어난 윤태수와 백종화는 낮에 있었던 일을 듣고 혀를 찼다.

"아무리 그래도 일(一)이나 텐구, 혹은 거기 있는 여덟 중 반은 죽였어야 하는 게 옳다고 생각합니다. 지금은 일이 정신이 나가 그러고 있다 쳐도 쉽게 볼 수 없는 상대입니다. 텐구도 마찬가지고. 게다가 얼굴을 들킨 이상… 어떻게든 죽이려 들 겁니다."

윤태수의 말이 끝나자 이남정이 웃음을 흘렸다.

낮에 신혁돈이 말했던 '네가 얼마나 강한지 모르지?' 라는 말을 그대로 해주고 싶었기 때문이다.

별말이 아닌데도 힘이 난다.

신혁돈이 '너는 텐구보다 강하다.'라고 말한 듯 자신감이 생기고 왜인지 모를 뿌듯함이 생겨나는 것이다.

이남정이 헛웃음을 흘리자 윤태수가 신혁돈을 바라보았다.

자신들이 모르는 일이 있을 테니 이남정이 웃음을 흘리는 것이라 생각한 것이었다.

그러자 소파에 앉아 손바닥만 해진 도시락을 허벅지에 올린 채, 사료를 먹이던 신혁돈이 말했다.

"뭐."

퉁명한 태도에 윤태수가 고개를 끄덕였다.

그래, 설명해 줄 양반이 아니지.

그리곤 이남정을 바라보았다.

"왜 웃으신 겁니까?"

"혁돈 형님이 말씀하시길, 우린 우리의 강함을 깨닫지 못하고 있다고 하셨습니다. 그리고 이번 기회에 깨닫게 해준다는 말도 덧붙이셨고."

그제야 윤태수와 백종화가 고개를 끄덕였다.

"그건 그렇지."

아무리 그래도 텐구 전체를 상대할 수 있을 거라는 생각이 들진 않는다.

뭐랄까.

그런 건 신혁돈만이 부릴 수 있는 만용이다.

아니, 그럴 자신이 있으니 만용이 아니라 자신감이라 칭해야 하나.

윤태수는 다시 한 번 고개를 휘휘 저었다.

어쨌거나 저 양반이 할 수 있다 말한 이상 할 수 있을 것이었다.

"그건 그렇고 고르곤에 대해 이야기 좀 해주십시오. 어떤 놈인지 알아야 할 거 아닙니까."

"신화에 나오는 고르곤을 알고 있나?"

신혁돈의 물음에 백종화가 답했다.

"서현 씨만큼 많이 알고 있진 않겠지만… 얼추 압니다. 소의 형상을 하고 있는 거대한 괴물이 아닙니까?"

"비슷해. 전고 3미터, 길이 5미터. 용암이 흐르는 검은 피부, 숨 쉴 때마다 흘러나오는 불길, 2미터 남짓 되는 2개의 뿔."

가만히 듣고 있던 윤태수의 입이 벌어졌다.

"…그거 브리아레오스보다 더한 괴물 같은데 말입니다."

"이번에 상대한 브리아레오스보단 강할 거다. 그놈은 싸우는 방법 자체를 모르는 놈이었고, 고르곤은 태어나길 싸우기 위해 태어난 놈들처럼 잘 싸우니까."

신혁돈의 말을 들을 때마다 궁금증이 생긴다.

'도대체 어떻게 아는 겁니까?'

하지만 묻어두는 게 속 편하다.

언젠가 알아야 할 때가 되면 알려줄 테니까.

가만히 듣고 있던 백종화가 물었다.

"세뿔가시벌레처럼 약점은 없습니까?"

"어지간한 마법은 피부로 튕겨내고, 물리적인 공격은 들지도 않는다. 유일한 약점은 불을 뿜을 때 벌어지는 입과, 눈. 그리고 항문."

"…항문?"

"세 개의 꼬리 중 하나로 항상 가려놓긴 하지만 그래서 알기 쉽다. 공격은 어렵지만."

"거, 소 새끼가 뭔 꼬리를 세 개나 달고 있답니까."

"두 개의 꼬리는 채찍처럼 움직인다. 반경은 고르곤의 머리 정도까지. 뒤에도 눈이 달린 듯 빠르게 움직이고."

신혁돈이 말하는 내용을 백종화가 빠르게 받아 적었다.

뒤에 도착하는 이들에게 알려주기 위함이었다.

그러면서도 질문은 쉬지 않았다.

"항문을 어떻게 공격합니까?"

"찔러야지."

"…하다 하다 소 똥꼬를 다 찔러보겠네."

윤태수야 검을 들고 싸우니 그렇다 쳐도 너클을 끼고 싸워야 하는 이남정의 표정은 봐주지 못할 정도였다.

"약점은 그것뿐입니까?"

"알려진 바로는. 그리고 불을 뿜는 패턴은 직선 5미터 정도다. 그 안에 있으면 열기에 녹아 죽고, 불기둥 옆으로 2미터 안에 있으면 화상을 입는다."

고개를 끄덕인 백종화가 태블릿 PC에 방사형 원뿔을 그린 뒤 위험 범위라고 적어 넣었다.

"꼬리 공격은 어떻습니까?"

"채찍과 같지. 뱀과 같은 비늘이 역으로 돋아 있어서 단박에 자르는 게 쉽지 않다. 하지만 잘라낼 수만 있다면 고르곤의 뒤를 점할 수 있다."

그제야 백종화가 만족스러운 얼굴로 고개를 끄덕였다.

"즉 꼬리를 먼저 잘라낸 뒤 앞에서 버텨주고 뒤를 공략해야 답이 나오겠군요."

"그렇지."

역시 전투 작전에 대한 센스는 백종화가 한 수 위다.

상황과 대상을 듣는 즉시 어떤 작전이 효과적일지 바로바로 튀어나온다.

"예상 출몰 시간은 어떻게 되십니까?"

"30시간에서 42시간 뒤."

아직 화이트 홀로 인한 에르그 에너지가 충분히 쌓이지 않은 상태다. 차원지기의 심장 두 개 분량의 에르그 에너지를 터뜨리긴 했지만 모자라다.

신혁돈이 말한 시간 정도가 지나야 화이트 홀이 생기기 시작할 것이다.

두 사람의 대화를 듣고 있던 윤태수가 말했다.

"더 가드에도 말해줘야겠지 말입니다."

"그레이트 화이트 홀이 나타날 기미가 보이면 백종화가 먼저 눈치챌 거다. 차원문 생성에만 한 시간은 걸릴 테니 그때 말해… 줘도 돼."

말을 하던 신혁돈의 고개가 푹 숙여졌다.

자신의 머리를 쓰다듬는 손길이 멈추자, 도시락이 신혁돈의 손을 깨문 탓이었다.

날카로운 부리에 쪼인 손가락에서는 피가 나고 있었다.

신혁돈은 어이가 없다는 표정으로 도시락의 머리를 꾹꾹 눌렀다.

피가 나는 것을 본 도시락 또한 미안해졌는지 병아리 삐약거리는 소리를 내며 몸을 배배 꼬았다.

그 모습을 이남정이 아버지 같은 미소를 흘리며 말했다.

"…하여간 개 같은 새라니까."

내용은 그렇지 않았지만.

윤태수는 머릿속으로 계산을 하는지 허공을 바라보다가 말했다.

"더 가드도 부르는 건 어떻습니까? 걔네 쪽 입장도 생각은 해줘야 할 텐데 말입니다. 아무리 극비에 붙이고 움직였다지만 패러독스가 이미 도착해 있는데 더 가드가 한국에 있다가 '이제 알고 패러독스를 급파했습니다!' 하는 건 그림이 좋지 않습니다."

이런 면은 또 백종화보다 윤태수가 낫다.

둘 다 작전을 짜는 일이고, 큰 그림을 보는 일인데 뭐가 다른지 두 사람의 역할을 바꿔놓으면 영 젬병이 된다.

신혁돈이 다른 생각을 하자 윤태수가 헛기침을 흘린 뒤 말했다.

"어떻게 생각하십니까?"

"어떻게 하고 싶은데?"

의외의 대답이었는지 윤태수가 눈을 동그랗게 떴다. 그리곤 말했다.

"어… 조금 더 생각해보겠습니다."

"그래."

백종화는 태블릿 PC를 두들기며 신혁돈에게 받은 정보를 토대로 작전을 짜기 시작했고 윤태수는 A4 용지 몇 장을 꺼낸 채 정보 정리에 들어갔다.

홀로 멀뚱멀뚱 앉아 있던 이남정은 TV를 틀었지만 일본 방송은 영 재미가 없었다.

그때, 이남정의 핸드폰이 울렸다.

관리국장 오훈이었다.

이남정은 과한 액션으로 전화를 받으며 말했다.

"예, 관리국장님. 이남정입니다."

그의 목소리에 세 남자의 시선이 이남정에게로 향했다.

─무슨 짓을 벌인 겐가?

"예?"

─텐구 쪽에서 정식으로 항의가 들어왔네. 한국의 패러독스 길드원들이 자신들을 암살하려 한다는 말과 함께 영상이 제출되었어.

이남정의 얼굴이 멍해졌다. 텐구가 이런 식으로 나올 것이라고는 생각도 하지 못했다. 이남정은 곧바로 스피커폰으로 돌린 뒤 말했다.

"텐구가… 뭐라고 항의합니까?"

─말은 기네만, 패러독스를 막아달라는 말일세. 그러면 패러독스가 보유한 신기술에 대해 알려주겠다고 했네.

신기술?

모두의 시선이 신혁돈에게로 향하자 신혁돈이 입 모양으로 말했다.

'차원지기의 심장을 터뜨렸다.'

그러자 윤태수가 미간을 찌푸렸다.

그것만으로 그레이트 화이트 홀을 만들어낼 것이라는 걸 알아챘단 말인가?

아니다.

상식적으로 불가능하다.

그렇다는 것은 다른 것을 보았다는 뜻.

윤태수가 여전히 의문을 표하자 이남정이 전화를 무음으로 돌린 뒤 그때의 일을 빠르게 설명했다.

그러자 윤태수가 전화기를 향해 손을 뻗었고 이남정이 말했다.

"국장님, 패러독스의 윤태수씨가 전화를 받길 원하십니다."

―바꿔주게나.

그러자 윤태수가 전화를 받으며 말했다.

"기술, 그런 거 없습니다. 지들이 오해하고 하는 소리니 묵살하셔도 됩니다. 이야기가 밖으로 새지만 않게 해주십시오. 하루 정도 시간을 벌어주실 수 있으십니까?"

―허…….

오훈이 헛숨을 내쉬었다. 자신들의 요구 사항을 너무도 당당히 말한다.

신혁돈의 곁에 있더니 다 옳은 것인가?

오훈은 고개를 휘휘 젓고 말했다.

—그게 그렇게 쉽게 가능한 일이 아니라네. 관리국을 단속한다칩세. 자네들도 알겠지만 관리국 안에 들어와 있는 귀가 한두 개가 아닐세. 우리나라의 거대 길드들뿐만 아니라 다른 나라의 귀도 있지.

자랑스러운 일은 아니지만, 그게 현실인 것을 어떻게 할 수 없다.

"…벌써 소문이 퍼지기 시작했습니까?"

—그건 아닐세. 바로 나에게 들어온 정보니까. 하지만 내가 어떤 액션을 취하지 않으면 텐구가 무슨 행동을 할지는 모르네.

윤태수가 테이블에 손을 얹고선 눈을 감았다.

몇 초나 지났을까.

윤태수가 전화기를 든 채 신혁돈을 바라보며 말했다.

"더 가드를 이용합시다."

—더 가드… 를 어떻게 말인가?

윤태수는 오훈에게 대답하는 대신 신혁돈의 의중을 묻는 듯 신혁돈의 눈을 바라보았다. 그리고 신혁돈이 고개를 끄덕이고 나서야 설명을 시작했다.

"그레이트 화이트 홀에 대한 정보를 흘리면 됩니다. 이 일은 저희가 해결하겠습니다. 그러니 국장님께서는 '극악무도한 텐구 놈들이 한국의 각성자들을 모함하려 한다.' 라는 정보만 조금 흘려주실 수 있으십니까?"

윤태수의 말에 오훈의 목소리가 변했다.

—나는 각성자 관리 기구의 국장일세.

뜬금없는 소리에 윤태수가 이남정을 바라보았고 이남정은 어깨를 으쓱했다.

"예, 알고 있습니다."

—나는 뒷선에 물러서 탁자나 두들기며 화를 내는 인간이 아니란 말일세. 그런데 말이야, 자네들은 나를 뒷방 늙은이 취급 하고 있네.

그제야 오훈의 목소리가 변한 이유를 눈치챌 수 있었다.

오훈은 그의 말대로 관리국의 장이다.

한데 애들 잔심부름 시키듯 이유도 알려주지 않은 채 부탁을 가장한 명령만 내리고 있으니 자존심이 상할 법도 했다.

—내가 힘이 없어 남정이를 맡긴 것, 그리고 맡아서 대한민국 각성자들의 위상을 높여주고 있는 것은 항상 감사하고 있네. 하지만 관리국장이라는 사람이 자네들의 뒤에 있음을 잊지 말게나.

윤태수는 천천히 고개를 끄덕이며 말했다.

"알겠습니다."

―이번 일은 자네 말대로 처리하겠네.

"감사합니다. 그리고… 한국에 돌아가면 꼭 찾아뵙겠습니다."

―그럼 그때 보도록 하지.

"예, 자세한 이야기는 그때 드리도록 하겠습니다."

―알겠네.

전화를 끊은 윤태수가 잇새로 쯧하는 소리를 내며 핸드폰을 테이블에 올려두었다.

"굉장한 분이시네."

"그러니까 관리국장을 하고 계시는 겁니다."

윤태수는 천천히 고개를 끄덕이고선 말했다.

"아까 하던 얘기를 마저 드리면, 더 가드를 이용합시다."

"어떻게?"

윤태수는 천천히 설명을 시작했다.

이야기의 요지를 추리자면 이렇다.

패러독스가 그레이트 화이트 홀이 생길 곳을 미리 예측했고, 그곳을 살피기 위해 향했다.

한데 그것을 눈치챈 텐구 측은 그레이트 화이트 홀을 독점하기 위해 헛된 정보를 흘리며 패러독스 길드원들이 자신들의 구역에 들어오는 것을 막으려 한다는 내용이었다.

모든 이야기를 들은 이남정이 진심으로 감동한 표정으로

윤태수에게 물었다.

"…국회의원 하실 생각 없으십니까? 한 4선, 5선 하다가 대통령 출마까지 해도 되겠는데?"

윤태수는 헛웃음을 흘리곤 말했다.

"지금 상황에서는 텐구보다 더 가드의 입지가 더욱 굳건합니다. 더 가드는 전 세계적으로 이름을 높이고 있는 와중에, 텐구는 테러범 소리를 듣고 있으니까 말입니다. 게다가 더 가드에서 먼저 정보를 터뜨려 버린다면 텐구가 무슨 대응을 하던 간에 전부 변명으로 보일 겁니다."

이남정은 크, 하는 신음을 흘리며 박수를 쳤고, 신혁돈은 고개를 끄덕였다.

"그걸 통해 더 가드와 패러독스를 당장 일본으로 부르는 것도 가능하겠군."

"충분합니다. 그리고 저희는 군이 들어갈 필요 없이 압박만 넣으면 됩니다. 그러다 고르곤이 나타나면 학살하는 모습을 지켜보다… 쓱싹!"

이 이야기에는 허점이 몇 가지 있었다.

"일본 정부 개입, 외국 거대 길드 개입, 일본 거대 길드 개입. 텐구의 피신. 이 네 가지는 어떻게 할 생각이지?"

"앞에 말씀하신 세 가지는 알아서 상충할 겁니다. 일본 정부는 자신의 땅에서 피어난 핵탄두를 안전하게 제거하기 위해서라면 무슨 수라도 쓸 겁니다. 몬스터 브레이크의 공포를 아는 정부라면 그게 당연한 거니까요."

여기서 생각해야 할 점은 텐구와 일본 정부의 관계.

텐구는 일본의 영웅이라고까지 불렸던 사내다.

그런 이가 더러운 짓을 일삼다 추락했는데, 뿌리를 뽑아 주려 하는 자가 있다면?

일본 정부의 입장에서 환영할 만한 일은 아니다.

하지만 거대 길드들은 쌍수를 들고 환영할 것이다.

그리고 거대 길드들은 정부에 영향력을 행사할 수 있다.

상황을 정리한 신혁돈이 물었다.

"그다음은?"

"외국과 일본의 거대 길드 또한 때를 노리느라 쉽게 움직이지 못할 겁니다. 더 가드와 패러독스가 선점한 지역에서 날뛰다 괜히 눈밖에 나버린다면 그들 또한 곤란해지니까요. 우리야 더 가드의 설립 이념인 '인류 수호'를 들먹이면 된다지만 지금까지 그런 이미지를 쌓지 못한 이들은 쉽사리 나서지 못합니다."

맞다.

더 가드, 그리고 패러독스가 쌓아올린 '인류의 수호자'라는 이름으로 움직이며 그레이트 화이트 홀을 제거하려 한다면?

그리고 이득을 취하려는 모든 길드들을 적으로 삼겠다 한다면?

그 부담을 이겨내면서까지 참여하려 하는 길드는 몇 없을 것이다.

그리고 참여하려 하는 이들에게 던져줄 좋은 떡밥이 있다.

"레이드 비디오."

"바로 그거지 말입니다. 어지간한 길드들은 그 영상을 공유해 준다는 공약을 받고 빠질 겁니다."

"텐구의 도망은?"

"그놈들 일본인입니다. 자존심이라면 프랑스인 콧대만큼이나 높은 놈들. 도망치느니 배를 가르고 폭탄을 터뜨리는 놈들이 지들 땅에서 도망칠 일은 없습니다."

신혁돈은 천천히 고개를 끄덕였고 이해를 하지 못한 이남정이 물었다.

"만약에 말입니다만… 일본 정부가 막으면 어떻게 합니까? 자기들이 막아보겠다고 말입니다."

윤태수 또한 신혁돈을 바라보았다.

최악의 상황이지만 가정해야 한다.

그러자 신혁돈이 여유로운 표정으로 말했다.

"우리 없이는 전 세계 어느 길드도 못 막는다. 전 세계에서 모인 길드들이 단합해서 고르곤을 막는다? 차라리 남북통일이 빠르지. 그사이 나리타는 완전히 무너질 거고, 그다음에 나서도 늦지 않는다."

이왕 벌린 판, 더 크게 벌리자는 생각이 들었다.

누구라도 신혁돈, 패러독스의 이름을 들으면 일단 공포에 젖도록.

얼마나 강한지, 누구라도 볼 수 있고 느낄 수 있도록.

모든 영상을 공개해 버릴 생각이었다.

윤태수가 쯧 하고 혀를 찼다.

결정은 높은 사람들이 내리는 데, 다치고 재산 손해를 보는 건 민간인들이다.

"그 말도 더 가드를 통해 발표해야겠습니다."

"그래."

고개를 끄덕이던 윤태수는 더 가드의 길드 마스터 조훈현에게 전화를 걸며 물었다.

"고르곤의 힘을 등급으로 따지자면 몇 등급 정도입니까?"

"12."

마치 등급을 나눠놓은 적이 있다는 듯, 빠른 대답에 윤태수는 고개를 끄덕였다.

*   *   *

놀라는 것은 더 가드의 몫으로 정해지기라도 한 듯, 조훈현은 오늘도 놀랐다.

그는 뛰는 심장을 부여잡을 새도 없이 간수호를 호출했다.

"수호야."

갑자기 이름을 부르는 모습에 미간을 찌푸렸던 간수호는 그의 절박한 눈을 보고서 되물었다.

"…왜 그러십니까? 머리가 다시 나기라도 합니까?"

"이 새끼는 산통 깨는 데 뭐 있다니까?"

간수호의 농담에 조금이라도 안정이 된 조훈현은 심호흡을 한 번 한 뒤 방금 받은 전화에 대해 말했다.

천천히 고개를 끄덕인 간수호는 시계를 본 뒤 말했다.

"일본 가는 전용기. 공격대원 전원 소집, 그리고… 패러독스 길드원들 불러야 하고. 또 뭐있습니까?"

"기자회견."

간수호는 쯧 하고 혀를 찼다.

"아이고, 우리 길드 마스터님, 자라지도 않는 머리 또 빠지겠네."

"당장 튀어 나가."

"안 그래도 그럴 생각입니다."

대충 고개를 숙인 간수호가 방을 뛰쳐나가자 조훈현은 거울을 꺼내 가발을 살폈다.

이 정도면 문제없다.

손으로 만져 가발을 고정시킨 조훈현은 기자회견을 준비하기 시작했다.

기자회견은 순식간에 시작되어 순식간에 끝났다.

그레이트 화이트 홀!

지금까지 더 가드가 언론 플레이를 잘해준 덕에 이 세 단어의 조합을 모르는 각성자는 없었다.

한데 그게 일본에 나타나려 한다?

그리고 텐구가 그걸 독점하려 한다?

전 세계의 공분이 쏟아졌다.

텐구의 입장에서는 억울할 법도 했으나 인과응보일 뿐이다.

결국 텐구는 모든 질문에 침묵으로 일관할 수밖에 없었다.

         *   *   *

인바 늪.

텐구의 길드 마스터가 있는 성.

그곳에 텐구의 모든 길드원이 모여 있었고, 단상 위에는 붉은 텐구 가면을 쓴 텐구가 서 있었다.

"신혁돈, 패러독스, 더 가드. 모두 죽인다."

빨간 가면을 쓴 텐구의 말에 삼백이 넘는 인원이 바닥에 머리를 박았다.

"그리고 우리의 명예를 되찾는다."

그레이트 화이트 홀?

말도 되지 않는 소리다.

전 세계의 이목이 집중되었고, 안 그래도 바닥을 기고 있는 명예가 저 아래로 처박혔다.

그레이트 화이트 홀이란 그저 시간을 벌어보고 더 가드와 패러독스의 길드원들을 텐구가 있는 인바 늪으로 모으기 위해 한 헛소리에 불과하다.

만약 그들이 말한 게 사실이 아니라고 밝혀진다면?

그들에게 타격은 없다.

어쨌거나 텐구의 잘못을 막기 위해 움직인 것이기 때문이다.

만약, 아주 만약에 진짜 그레이트 화이트 홀이 나타난다면?

텐구가 막으면 된다.

우리의 전력이라면 못할 리 없다.

더 가드의 길드 마스터가 기자회견을 통해 지껄인 소리, '패러독스가 아니라면 그 누구도 막을 수 없다.' 는 것을 믿을 사람이 누가 있겠는가?

텐구는 그렇게 생각했고, 그의 수하들 또한 마찬가지.

자신이 하지 못하는 일을 신혁돈이 할 수 있을 리 없다.

텐구는 진심으로 그렇게 생각했다.

텐구의 길드원 그 누구도 화이트 홀을 탐지할 수 있는 능력은 없다. 더 가드의 조훈현이 그런 능력을 사용할 수 있다고 발표한 뒤 일본 전역을 뒤져보았지만 그런 능력을 사용하는 이는 없었다.

그뿐만 아니다.

전 세계에서 조훈현과 같은 능력을 가진 이들을 찾고 있지만 발견된 이가 없다.

몇몇이 자원하고 나섰지만 대부분이 사기꾼이거나 차원문과 화이트 홀을 구분하지 못하는 얼뜨기일 뿐이다.

"그놈들은! 전 세계를 상대로 사기를 치고 있다! 우리가 이번 기회에 바로잡아! 명예를 드높이고 옛 텐구의 영광을 되찾을 것이다!"

단상의 바로 앞.

고개를 박고 있는 일(一)의 눈이 불이라도 붙인 듯 활활 타오르고 있었다.

반쯤 잘려 나간 혀가 신체의 일부가 아닌 양 껄끄럽게 느껴진다.

그런 와중에 고통은 없다.

신혁돈의 모두의 벗을 통해 증대된 중급 치료의 효과가 완벽히 치료해 버렸기 때문이다.

'죽인다. 반드시.'

텐구들이 의지를 불태우고 있는 사이 패러독스의 남은 인원들과 더 가드가 일본 나리타 공항에 도착했다.

그들뿐만이 아니다.

전 세계에 날고 긴다는 길드들이 일본으로 날아들기 시작했다.

*   *   *

기자회견의 여파는 생각만큼이나 엄청났다.

전 세계의 길드들이 눈을 치켜뜨고 있는 사안인 만큼 여러 뉴스들에서 불을 켜고 진상을 파헤치기 위해 기자들을 파견했고 그보다 훨씬 많은 길드들이 일본으로 향했다.

그들에게는 다양한 목적이 있었다.

그레이트 화이트 홀에서 등장하는 괴물을 직접 보기 위한 이도 있었고, 패러독스를 직접 만나보려는 이, 패러독스에게 한 숟갈 얹으려는 이는 물론이거니와 그냥 콩고물 하나 떨어지지 않으려나 하는 생각으로 모이는 이들도 있었다.

그런 이들 가운데, 올마이티가 있었다.

올바이티 일본 지부.

TV의 화면에는 나리타 공항이 비춰지고 있었다.

앵커는 꾸역꾸역 밀고 들어오는 각성자들의 모습을 보여주 정부 대응을 촉구하고 있었다.

테이블에 앉아 구두 한쪽을 발가락 끝에 걸친 채 덜렁거리던 여자가 일본어로 말했다.

"도대체가 모르겠네요."

금발 사이사이 갈색 머리칼이 섞인 탐스러운 머리칼. 거기에 남미에서 온 것인지 보기 좋을 정도로 까무잡잡한 피부의 미인이 일본어로 말한 것이다.

그녀의 말에 반대편에 앉아 있던 사내 또한 고개를 끄덕였다.

진저색 머리를 가진 이는 서양인 특유의 네모나면서 가운데가 갈라진 턱을 가지고 있었다.

그 또한 일본어로 대답했다.

"이렇게 시끄럽게 일을 벌인 이유가 뭘 것 같습니까?"

"뭔가를 덮거나 혹은 알리고 싶은 거겠죠. 자신들의 힘을."

서양인 둘이 일본어로 대화하는 데 전혀 문제가 없었다. 여자의 말을 들은 사내는 관자놀이를 긁적이며 말했다.

"힘을 알린다라. 그간 벌인 쇼로는 모자랐나 봅니다."

"멍청한 텐구 놈들이 계속 자극하니까 열 받았겠죠. 인류의 수호자니 뭐니 코스프레를 하고 있으니 그런 취급을 당하지."

여자는 쯧 하고 혀를 찬 뒤 기다란 손가락으로 새하얀 담배를 꺼내 물었다. 그리곤 남자를 향해 담뱃갑을 내밀자 남자 또한 담배를 물며 답했다.

"뭐, 그래도 멋있지 않습니까? 인류의 수호자라. 나도 그런 영웅이 되어보고 싶습니다."

담배에 불을 붙인 여자는 다시 한 번 쯧 하고 혀를 차며 담배 연기와 함께 말을 뱉었다.

"남자들이란."

남자는 어깨를 으쓱인 뒤 여자가 내민 지포 라이터로 담배에 불을 붙였다.

두 사람의 담배 연기가 몽글몽글 올라오는 사이 여자가 말했다.

"저대로 둘 거예요?"

"내가 무슨 결정권이 있다고, 위에서 하라는 대로 해야 하지 않겠습니까?"

말이 좋아서 올마이티의 길드원이지, 사실은 용병이나 마찬가지다.

올마이티 자체가 길드라기보다는 용병집단이니까.

모든 것은 돈으로 해결된다.

소속된 이들에게 임무가 내려지면 그들은 모여서 임무를 해결한다. 그러면 올마이티에서 수당을 지급한다.

이것이 미국 석유 재벌이 운영하는 글로벌 길드. 올마이티가 움직이는 방식이었다.

임무는 올마이티의 본사 운영팀에서 내려온다.

표면적으로는 각 지역의 붕괴 직전 차원문 처리부터 높은 등급의 차원문 탐사.

수면 아래서는 요인 암살과 경호. 뭐 그런 것들까지.

"그래도 일본은 메이븐 거잖아요?"

"내 거라는 표현은 옳지 않습니다. 나는 올마이티의 일개 지부장일 뿐입니다."

"그래요, 일본 지부장."

메이븐은 어깨를 으쓱였고 여자는 혀를 찼다.

"그 혀 차는 버릇 안 좋습니다."

"그거 가지고 나한테 말할 수 있는 사람이 몇이나 된다고 생각해요?"

"예르민, 좋지 않은 습관은 좋지 않은 습관입니다. 누군가 지적하는 건 중요치 않아요."

남미의 여자, 예르민은 반항이라도 하는 듯 다시 혀를 찼다. 그러자 쩍 갈라진 턱의 메이븐은 고개를 휘휘 저었다.

"좋지 않습니다."

"됐고, 일단 나부터 파견시켜 줘요."

"예르민을 부릴 바에 3등급 길드원 열을 보내는 게 더 싸게 먹힙니다."

"3등급 송사리 열 마리보다는 내가 나을 텐데?"

메이븐은 반박하지 못했다.

대신 목적을 물었다.

"왜 가려는 겁니까?"

"궁금하잖아요. 각성자들이 많지도, 그렇다고 훌륭한 인재를 가진 동네도 아닌 한국에서 태어난 인류의 수호자들이라니. 한번 만나보고 싶지 않아요? 그래서 괜찮다 싶으면 올마이티에 스카우트해도 되는 거고."

"돈에 넘어올 사람들은 아닌 거 같습니다."

"하긴, 뭐 어쨌거나 보내달라고요. 혹시 알아요? 그 사람들로 한국 지부라도 세울 수 있을지? 우리 마스터, 강한 사람이라면 환장하잖아요."

그녀가 말하는 마스터란 올마이티의 길드 마스터를 말한다.

석유 재벌, 로열 패밀리, 무슨 말로 포장을 해도 모자란 사람.

메이븐이 관자놀이에 손을 댄 채 TV로 시선을 던졌다. 그러자 예르민이 구두를 제대로 신곤 테이블에서 내려와 TV를 가리고 섰다.

그리곤 계속 혀를 차 쯧쯧거리는 소리를 냈다.

그러자 메이븐은 아예 고개를 돌려 버렸다.

"침 튑니다."

"내 침은 깨끗해요."

"그게 문제가… 하아, 알겠습니다. 가십시오. 그냥 제 눈앞에서 사라져 주십시오."

"어머, 말이 심하다. 저도 여잔데."

상처 받은 목소리에 비해 얼굴은 웃고 있다.

"여자이기 전에 매너가 있는 사람이 되어보시는 건 어떻겠습니까?"

"매너야 넘치지."

예르민은 어깨를 으쓱였고, 자연스레 풍만한 가슴으로 시선이 갔다. 메이븐은 결국 눈을 감아버렸다.

그때.

메이븐의 전화가 울렸다.

방을 나가려던 예르민의 시선이 메이븐으로 향했고 메이븐은 별생각 없이 유창한 일본어로 전화를 받았다.

"예, 올마이티 일본 지부장 메이븐입니다."

―패러독스 신혁돈입니다.

일본어에 한국어로 대답하는 남자.

다른 말은 전부 못 알아들었지만 단 세 글자는 알아들었다.

신혁돈.

메이븐의 눈이 화등잔만 해지는 것을 본 예르민이 입모양으로 물었다.

'무슨 일?'

메이븐은 일본어 대신 영어로 말했다.

"Wait a minute."

기다려 달라는 단순한 말 정도는 알아듣지 않을까 하는

생각. 바로 수화기에서 입을 떼고 말했다.

"한국어 통역! 당장 지금 빨리!"

예르민은 메이븐에 눈에 가득 차 있는 다급함을 읽고선
아래층으로 뛰어 내려갔다.

*   *   *

신혁돈이 묵고 있는 호텔로 모든 사람들이 모였다.

더 가드의 인원이 백.

패러독스가 열하나.

모두가 한 방에 모일 순 없어 신혁돈과 윤태수, 백종화. 그
리고 간수호와 조훈현이 신혁돈의 방으로 모였다.

그러자 조훈현은 습관적으로 머리를 감싸다가 가발임을
깨닫고 조심스럽게 손을 떼며 말했다.

"도대체 무슨 생각으로 이런 일을 벌이신 겁니까?"

"텐구는 원래 정리할 생각이었습니다. 화이트 홀이 이곳
에 있다는 걸 알게 된 건 우연이고."

거짓말을 하는데도 표정의 변화는커녕 눈동자의 변화도
없다.

원래 표정이 없는 사람이 작정하고 거짓말을 하니 알 도리
가 없는 것이다. 윤태수가 신혁돈을 살피는 사이 조훈현이
말을 받았다.

"…관리국장님께 들었습니다."

그러자 신혁돈이 혀를 찬 뒤 말했다.

"그 양반, 생각보다 입이 가볍네."

"아니, 제가 그분하고 친분이 좀 있습… 이게 중요한 게 아니라, 저희에게도 털어놓지 못할 말입니까?"

"그건 아닙니다만, 원래 비밀은 아는 사람이 적을수록 좋은 거 아니겠습니까?"

맞는 말이지만 아쉬운 건 어쩔 수 없다.

조훈현이 입을 열기 전, 간수호가 치고 들어왔다.

"뭐, 지난 일은 서로 잊읍시다. 그래서 앞으로 어떻게 하실 겁니까?"

"더 가드는 다른 길드들이 뻘 짓 못하게 인바 늪 밖을 지켜주십시오. 나머진 우리가 알아서 하겠습니다."

더 가드로써는 최상의 조건이다. 하지만 하나가 걸린다.

"문제가 있습니다."

"압니다. 인력 모자란 거. 인바 늪이 좁은 것도 아니고 어떻게 커버를 치냐 이거 아닙니까?"

"맞습니다."

사람 수십이 아니라 길드 수십 개가 밀고 들어오고 있다. 적어도 천에 달하는 인원은 될 것이다.

처음에야 더 가드의 말을 들어주는 척하겠지만 하나가 미쳐서 달려들면 선점 당하기 싫은 모든 길드들이 나설 것이다.

그걸 막을 수 있는 사람이 누가 있단 말인가.

근데 이들은 웃고 있다.

"인력 지원이 있군요."

눈치챈 간수호가 묻자 윤태수가 답했다.

"뭐, 아직은 없습니다만 곧 올 겁니다."

"실력은 확실한 이들입니까?"

"돈을 준 이들을 절대 배신하지 않는, 뭐랄까 착한 하이에 나들이랄까. 그런 이들입니다."

"…올마이티?"

"그렇습니다."

조훈현이 멍한 얼굴이 되었다.

무엇하러 더 가드가 모든 것을 다 한단 말인가?

더 가드의 자리를 원하는 이들은 수없이 많고, 또 그들에 게 숟가락을 얹고 싶어 하는 이들, 그들과 함께 일하고 싶어 하는 이들이 수백, 수천이다.

남자라는 동물들은 대부분이 영웅이 되길 원한다.

조훈현은 지금까지 그들의 도움 모두를 거부했다.

한 번 받다 보면 거절할 명분이 없어지고 그다음부터는 그들에게 휘둘리는 꼴이 되고 만다.

한데, 신혁돈은 아무런 생각이 없는 듯 다른 이들을 불러 들였다.

생각이 없는 게 아니다.

어떠한 상황에서도 휘둘리지 않을 자신이 있는 것이다.

그들을 불러서 공을 나눈다 한들, 절대 휘둘리지 않고 자신이 가는 길을 향해 걸을 자신이 있는 것이다.

절대 묻히지 않을 빛을 발할 자신이 있으니 겁내지 않는 것이다.

조훈현이 아, 하는 소리를 내더니 천천히 고개를 끄덕이곤 자리에서 일어나 신혁돈에게 고개를 숙였다.

신혁돈을 제외한 이들이 당황해서 함께 일어섰다. 신혁돈이 당연하다는 듯 고개를 까딱이자 조훈현이 다시 앉으며 말했다.

"그런 방법이 있었네요. 감사합니다. 덕분에 식견이 넓어진 느낌입니다."

조훈현은 고개를 몇 번 더 주억거린 뒤 말을 이었다.

"올마이티를 부른 것을 취소할 순 없겠지요?"

"예."

"알겠습니다. 저도 저 나름 최선을 다해 인원을 확보해 보겠습니다. 그리고 이참에… 더 가드도 확장 좀 해야겠습니다."

아직도 무슨 소린지 이해하지 못한 간수호와 윤태수만이 눈을 땡그랗게 뜨고 두 사람을 번갈아 보고 있었다.

*   *   *

타타타타타타타!

CH—47. 일명 치누크라 불리는 대형 헬기 3대가 진을 형성한 채 하늘을 날고 있다.

제일 앞에 날고 있는 치누크의 안.

예르민이 커다란 헬멧에 달린 마이크에 대고 말했다.

"우리를 불렀다라… 그것도 그레이트 화이트 홀 토벌 목적이 아니라, 난입하는 이들을 막아달라고 불렀다라… 엄청난 깡따구네요."

그녀의 옆에 앉아 다리를 꼬고 있던 메이븐이 고개를 끄덕이며 답했다.

"유니크 아이템이라는데 안 움직이고 배길 수 있습니까."

"아니, 유니크 아이템을 팔 생각을 하는 것도 웃기지 않아요?"

"웃길 건 뭡니까. 길드원들 중 사용할 수 있는 사람이 없으면 파는 게 맞지 않겠습니까?"

"난 못 팔아. 그걸로 집을 장식하고 말지."

메이븐은 껄껄 웃고 말했다.

"긴 창이라 하니까 한 번 생각해보십시오. 집 인테리어랑 어울리는지."

"그거 사려고 집을 파는 건 사양인데요."

메이븐은 어깨를 으쓱인 뒤 고개를 돌렸다. 작전지역인 지바 현의 인바 군이 한눈에 내려보였다.

신혁돈이 어느 호텔에 묵고 있는지 들었기에 자연스레 그 호텔로 시선이 향했다.

"어마어마하네."

그 근처로 모여든 차량과 인파 덕에 밭이 시커멓게 보였다.

게다가 방송국의 헬기들만 십여 대가 떠 있는 데다가 전 세계의 기자들 또한 모여 있었다. 위에서 보자니 공벌레들이 우글우글 모여 있는 모습이라 보기 좋지 않았다.

메이븐의 말에 예르민이 아래를 내려 보곤 말했다.

"…저걸 다 막을 순 없겠는데."

"뭐 마스터 이름 팔면 어떻게 되지 않겠습니까?"

"정 안 되면 반쯤 죽이면 되겠죠. 말 들어보니까 정부에서는 아무 반응 없다면서요."

"그건 그렇지만 너무 많은 사람이 죽으면 안 될 겁니다."

"별 거지 같은 놈들 때문에 우리가 무슨 고생이람."

"고생은 아니지 않습니까? 어차피 돈 받고 일하는 거."

예르민은 눈을 흘겼다.

"그나저나 어디서 만나기로 했어요?"

"늪지 앞입니다. 곧 도착… 어?"

자주 들을 수 없는 메이븐의 당황한 목소리를 하루에 두 번이나 듣게 된 예르민은 '오늘 무슨 일이 터지긴 터지겠구나.' 하고선 메이븐의 시선을 따랐다.

그리곤 자신의 눈을 의심했다.

다섯 대의 헬기 아래로 거대한 새 한 마리가 날아오르고 있었다.

패러독스의 상징과도 같이 되어버린 도시락을 알아보지 못하는 각성자는 없었다. 올마이티 또한 마찬가지.

괴조를 발견한 메이븐은 곧바로 등을 살폈고, 그 위에 타고 있는 11명의 사람을 발견했다.

개중 한 사람이 일어나 자기 몸을 가리킨 뒤 괴조의 머리 방향을 가리켰다.

자신을 따라오라는 수신호다.

"저 괴물 따라가 주십시오."

메이븐의 말에 헬기 조종수가 고개를 끄덕였고 곧 다섯 대의 치누크가 도시락의 뒤를 따랐다.

"치누크보다 큰 몬스터, 그리고 그걸 자가용처럼 타고 다니는 남자는 어떤 사람일지 궁금하네요."

예르민의 말에 메이븐이 시선을 돌렸고 그녀의 눈이 반짝거리고 있는 것을 발견했다.

뭐랄까.

사랑에 빠진 십 대 소녀의 눈과도 비슷하다.

근데 좀 다르다.

혼히들 남자들이 보이는 호승심과 그 전투를 상상하며 생기는 흥분, 승리했을 때의 쾌감. 패배했을 때의 아쉬움. 그런 감정들이 모두 담겨 있는 눈이다.

저 여자와 처음 만났을 때도 저런 눈이었다.

괴물들에게 고립되어 있는 길드원들을 구해달라는 임무였고, 올마이티 열둘이 투입되었다.

모두가 긴장한 와중, 예르민만은 딱 저런 눈을 하고선 배실배실 웃고 있었다.

마음에 들진 않았지만 눈빛만으로 무어라 할 수 없어 가만 두었고, 전투가 시작되자 메이븐은 자신의 판단력을 스스로 칭찬했다.

그녀는 또 다른 괴물이었다.

괴물을 학살하는, 인두겁을 뒤집어 쓴 괴물.

그녀의 무기인 송곳과도 같은 검. 레이피어가 한 번 움직일 때마다 괴물의 급소에는 구멍이 숭숭 뚫렸다.

그때 보았던 눈빛을 지금 하고 있는 것이다.

"신혁돈 씨와 싸울 겁니까?"

"에이, 누굴 싸움닭으로 알아요?"

"예."

예르민은 어깨를 으쓱였다.

"괴물들하고 싸우기도 바쁜데 사람하고 싸울 일이 뭐 있겠어요."

메이븐은 대답 대신 예르민을 바라보았고 예르민이 혹시
나 하는 생각에 고개를 모로 꺾으며 물었다.

"있어요?"

"없습니다."

메이븐에 대답에 예르민은 아쉬운 듯 입술을 비죽였다.

"아니라면서 왜 아쉬워합니까."

예르민은 메이븐의 눈치를 힐끗 살피더니 쓰고 있는 헤드
셋을 톡톡 두들겼다. 무전이 들리지 않는다는 뜻이다.

영악하긴.

*　　　　*　　　　*

호텔에서 신혁돈 일행이 도시락을 타고 나가는 것을 보자
마자 호텔 주변에 있던 각성자들이 이동을 준비했다.

그때.

조훈현이 기자회견을 열었다.

선택에 기로에 놓인 이들은 고민에 빠졌다.

아직 더 가드가 움직이지 않았다.

즉, 그레이트 화이트 홀이 나타나기까진 얼마간의 시간이
남은 상황. 그런 와중에 기자회견을 열었다는 것은 이번 일
에 대한 중요한 할 말이 있다는 뜻이었다.

단순히 시간을 끄는 것이라면 몇 마디 듣다가 자리를 뜨

면 된다.

그렇게 판단한 이들이 대다수.

빠르게 신혁돈 일행을 따라간 이들을 제외하면 대부분의 사람들이 호텔에 남았고, 조훈현은 호텔의 세미나 홀을 빌려 기자회견을 열었다.

500석이 넘는 홀이 가득 차고 계단과 문에도 사람들이 그득그득 들어찼다.

"일단, 바쁜 와중에도 저의 말에 귀를 기울여 주시기 위해 이 자리에 참석해 주신 모든 분들께 감사의 말을 전하고 싶습니다."

조훈현이 인사하자 여기저기서 간헐적으로 박수가 나왔다.

빨리 본론이나 이야기하라는 무언의 압박!

조훈현은 미소를 지은 채 말을 이었다.

"여러분이 바라시는 대로, 바로 본론으로 들어가겠습니다. 텐구는 더 가드의 협조 요청에도 침묵으로 일관하고 있습니다. 그레이트 화이트 홀을 홀로 차지하겠다는 수작이죠. 그리곤 자신들의 편을 끌어모으고 있습니다. 일본의 대형 길드 중 몇몇이 그들과 뜻을 함께하기로 하고 텐구 길드로 합류하고 있습니다."

조훈현의 말이 끝나자 사람들의 얼굴에 불안감이 떠올랐다.

만약 텐구에 모인 일본 연합이 그레이트 화이트 홀에서 나온 괴물을 처리해 버린다면?

그럼 말 그대로 닭 쫓던 개가 되는 것이다.

반응을 예상한 듯 조훈현이 자연스럽게 말을 이었다.

"하지만 일본 연합은 이번 그레이트 화이트 홀에서 나오는 '고르곤'을 막을 수 없을 겁니다."

조훈현의 말에 세미나 홀 전체가 술렁였다.

고르곤이라니?

"저희는 이번 그레이트 화이트 홀에서 등장할 괴물의 이름과 특징, 능력과 약점까지 모두 파악한 상태입니다. 물론 패러독스 길드가 수고해 준 것은 두말할 것 없고 말입니다."

조훈현의 말이 끝나기도 전에 여기저기서 질문을 원하는 이들이 손을 들었다.

지금은 질문을 받을 타이밍이 아니다.

"자세한 사항은 알려드릴 수 없습니다. 하지만 저희는 고르곤이 나타날 것이라는 것을 확신하고 있습니다. 그에 대비한 작전까지 세워둔 상태고 말입니다. 근데 문제가 생긴 겁니다. 욕심이 생긴 텐구가 자신들이 독식하겠다고 나선 겁니다. 다시 한 번 말씀드리지만 그들은 절대 고르곤을 막을 수 없습니다."

독자적인 길드에 강제적인 힘을 행사할 수 있는 것은 길드가 속한 국가뿐이다.

일본 정부는 지금, 텐구가 고르곤을 잡아주길 바라고 있다.

그렇게 된다면 과정이야 어찌되었건 간에 더 가드와 패러독스의 독주를 막을 수 있을 것이고, 위상이 높아질 것이다.

그레이트 화이트 홀에서 나오는 괴물이 드롭할 아이템이 그것을 가능하게 만들 것이고.

텐구가 실패한다 한들 상관없다.

나리타에 모여 있는 각성자들이 벌 떼처럼 달려들어 막아낼 테니 조금의 재산 피해만 감수하면 된다.

그런 의미의 침묵을 하고 있는 것이다.

물론 이 작전이 실패했을 때, 일본 정부로 향하는 비난의 화살은 막을 수 없을 것이다.

그걸 알면서도 도박을 할 만큼 고르곤의 시신, 그리고 고르곤이 드롭할 에르그 코어가 탐나는 것이다.

탐낼 만도 하다.

지금껏 등장한 적 없는 높은 등급의 무구들이 등장할 테니까.

'멍청한 놈들.'

속으로 혀를 찬 조훈현은 말을 이었다.

"그리고 일본 연합이 포기할 때까지 돕지 않을 생각입니다."

그러자 서양인 하나가 손을 들고 질문했고 옆에 있던 이가 통역을 해주었다.

"고르곤이 텐구의 지역을 벗어나면 어떻게 되는 겁니까?"

"자세한 작전은 알려드릴 수 없습니다. 대신 확실한 두 가지를 말씀드리겠습니다."

조훈현은 숨을 훅 들이켠 후 가슴을 펴고 말했다.

"더 가드만의 자력만으로는 대한민국을 지키기 바쁩니다. 그레이트 화이트 홀뿐만 아니라 화이트 홀, 붕괴되는 차원문들이 전 세계에 나타날 텐데 그걸 전부 더 가드가 막을 순 없습니다. 즉 저희와 공조해 뜻을 함께할 분들을 원합니다."

세미나 홀이 웅성이기 시작했다.

더 가드가 잘 나가고 있는 건 알지만, 전 세계를 커버하겠다는 당찬 포부를 발표할 정도는 아니다.

그것을 모를 더 가드가 아니다.

그렇다면 숨겨둔 한 수가 있다는 뜻이고, 상황을 파악한 이들이 입을 다물었다. 곧 세미나 홀이 조용해지자 조훈현이 입을 열었다.

"저에게 화이트 홀을 감지할 능력이 있다는 것은 여기 있는 모든 분들이 아실 겁니다. 저는 우리 더 가드와 함께하는 길드에게 이 능력을 공유할 생각입니다."

저 능력을 얻는다면?

누구보다 빠르게 화이트 홀을 찾아 제거할 수 있다.

그곳에서 나오는 모든 수익을 독차지할 수 있다는 뜻.

"…그게 가능합니까?"

누군가 손도 들지 않고 물었고 조훈현은 생각할 시간도 주지 없이 대답했다.

"예."

조훈현은 말을 마침과 동시에 단상 아래로 손짓했고, 곧 여자 한 명이 단상 위로 올라왔다.

"더 가드 제2공격대 차소현입니다."

그녀가 긴장한 것인지 딱딱한 목소리로 소개를 마치자 조훈현이 말을 이었다.

"이분도 저와 같은 능력을 사용할 수 있습니다. 제게 공유받은 것입니다. 물론, 당장 능력을 증명할 순 없습니다. 하지만 거짓말이 아니라는 증거로는 충분할 것이라 생각합니다."

몇몇 이들이 입술을 깨물었다.

거짓일 가능성?

없을 수가 없다.

아니, 일단 공조를 맺어놓고 너는 재능이 없네, 너는 사용할 수 없네, 조건이 맞지 않네 이딴 소리나 늘어놓으면서 시간을 끌면서 자신들의 영향력을 전 세계로 넓히려는 수작일 가능성이 훨씬 높다.

그럼에도 달려들지 않을 수 없다.

눈에 보이지 않는 위험보다 눈에 보이는 과육이 너무 크다.

당장 달려들지 않으면 같이 출발선에 선 하이에나 수십 마리가 과육을 향해 달려들 것이고 후발주자가 도착할 때쯤에는 씨조차 남지 않았을 게 분명하다.

"조건… 조건이 있습니까?"

"이번 작전에서 우리 더 가드를 도와주시면 됩니다. 그게 면접 조건입니다."

세미나 홀에 앉은 이들의 얼굴에 헛웃음이 걸렸다.

몇몇 이들은 볼을 씰룩이며 대놓고 이를 내비쳤다.

결국 여기 있는 거대 길드들을 공짜로 부려먹겠다 이거다. 그런 뒤 면접이라는 것을 통해 입맛에 맞는 이들을 골라내고, 맞지 않는 이들은 고생했다, 감사했다는 말만 남기고 떨쳐내겠다는 뜻.

사람들의 머릿속 계산기가 빠르게 두들겨지기 시작했다.

무슨 작전이 펼쳐질지 모른다.

조훈현의 말이 사실이라면 고르곤은 지금껏 등장했던 그 어떤 괴물보다 강력할 것이고 막기 위해서는 엄청난 희생이 따를 것이다.

그런 와중에 보상은 제대로 나올 것인가?

절로 고개가 저어진다.

누가 어떻게 어디서 죽은지도 모르는 와중에 보상을 바라는 것 자체가 무리다.

그때, 조훈현이 말했다.

"모든 작전은 패러독스가 단독으로 펼칩니다. 저희와 함께 하시는 분들은 타 길드의 난입, 그리고 나리타 시내를 향하는 고르곤의 저지 두 가지만 함께해 주시면 됩니다."

일본 연합이 막는 것이 불가능한 것을 패러독스가 막는단다.

"무슨 말도 되지 않는……."

"동의하지 않으시는 분들은 빠지면 됩니다. 강요하지 않습니다. 그리고 두 번째."

조훈현은 불만을 토로할 시간은커녕 생각할 시간도 주지 않겠다는 듯 빠르게 말을 이었다.

"작전 지역에 난입하는 길드들은 모두 적으로 간주하겠습니다."

차원문에 난입하는 행위는 어느 나라를 가든 죽어 마땅한 행위로 취급당한다.

한데 이번에 작전에 '난입'이라는 단어를 사용했다.

즉 죽이겠다는 말과 다를 것 없었다.

사람들이 말의 의미를 되새기는 사이 조훈현이 말을 이었다.

"작전은 24시간 안에 시작됩니다. 곧 그레이트 화이트 홀이 나타날 것이고, 그 안에 인원의 배치를 끝낼 생각입니다. 참여할 의사가 있는 분들은 빠른 시간 내 결정해 알려주시길 바랍니다. 그리고 저희는 참여해 주신 여러분들의 공을 절대 잊지 않고 보답하겠습니다. 귀한 시간 내주셔서 감사합니다."

말을 마친 조훈현이 단상을 내려갔다.

웅성거림이 조금씩 커지더니 곧 세미나 홀은 도떼기시장을 방불케 할 만큼 시끄러워졌다.

단상에서 내려온 조훈현을 간수호가 맞이했다.

"너무 강수를 두는 게 아닐까 싶습니다."

그의 말에 조훈현이 고개를 저었다.

"뒤쳐지고 나서 그때 이렇게 할 걸, 하고 후회해 봤자 늦어. 내 생각에는 지금이 타이밍이다. 패러독스, 신혁돈 씨가 자신을 드러내기로 마음먹었어. 그렇다면 절대 간단히 일을 마무리 짓지 않을 거다. 어마어마하게 큰 판이 벌어지겠지. 아니, 이미 벌어졌어. 그런 와중에 우리만 가만히 있는 게 더 이상한 거지."

간수호는 조용히 조훈현을 바라보았다.

영락없는 동네 아저씨 같은 얼굴과 외모다.

배만 좀 더 나왔어도 자신의 아버지와 동년배라 해도 될 얼굴.

하지만 눈빛이 다르다.

대한민국 최고의 길드라 불리는 더 가드.

이제는 전 세계로 나아갈 더 가드를 이끄는 수장의 눈빛이다.

간수호는 어깨가 들썩일 정도로 크게 숨을 내쉬었다.

"그래, 어디 한번 해봅시다."

그제야 조훈현이 미소를 지었다.

         *   *   *

높은 담으로 둘러진 인바 늪 인근의 공터.

그곳에 도시락과 다섯 대의 치누크가 내려앉았다.

한 대당 30명씩 총 150명의 인원을 내려놓은 치누크가 떠날 때쯤, 두 명의 서양인이 신혁돈에게로 다가왔다.

"미스터 신?"

신혁돈은 고개를 끄덕이며 두 사람을 바라보았다.

190㎝는 될 법한 거구. 검붉다고 해도 될 정도의 곱슬거리는 머리칼. 자로 잰 듯한 사각 턱과 쩍 벌어진 어깨의 사내.

그리고 구릿빛보다 조금 더 진한 피부와 어울리는 금발. 정장 치마에 하이힐을 신고 짝다리를 짚고 있는 남미의 여자.

"메이븐, 이쪽은 예르민."

일본어였다.

신혁돈은 자연스럽게 이남정을 바라보았는데 홍서현이 한 걸음 걸어 나오며 일본어로 말했다.

이남정보다 훨씬 자연스러운 발음과 제스처. 본토 사람이라 해도 믿을 만한 수준의 일본어였다.

"이쪽은 패러독스의 길드장 신혁돈 씨, 저는 길드원 홍서현이에요."

홍서현은 패러독스 길드원 모두를 소개할까 하다 메이븐과 예르민 뒤에 있는 올마이티 인원 150명을 보고선 그만두었다.

얼추 소개를 마치자 메이븐이 품에서 종이 두 장을 꺼내며 물었다.

"이미 확인하긴 했지만, 혹시나 해서 묻겠습니다. 저희가 해야 할 것이 고르곤 '사냥'이 아닌 사냥 동안 다른 길드나 단체가 난입하지 못하게 막는 '호위' 작전. 맞습니까?"

"그렇습니다."

홍서현을 통해 대답을 들은 메이븐과 예르민이 끙 하는 소리를 냈다.

"왜요?"

이번엔 예르민의 질문.

통역을 들을 필요도 없이 신혁돈의 시선이 예르민에게로 향했다.

무언가 불만에 찬 표정.

신혁돈은 대답 대신 침묵으로 그녀를 바라보았고 결국 답답해진 예르민이 한숨을 토해내듯 말을 뱉었다.

"유니크 등급 무기 하나. 그거면 어지간한 길드 하나를 살수 있을 정도의 금액인 건 아시죠? 물론 당신의 요구 사항이 좀 황당하긴 하지만 유니크 등급을 판매한다면 당신의 의뢰를 완벽히 완수하고도 한 번 더 똑같은 임무를 수행할 정도의 금액을 벌 수 있죠."

통역이 끝난 것을 확인한 예르민은 신혁돈과 눈을 맞추며 말했다.

"아니, 그 정도면 우리를 고르곤 사냥에도 참가시킬 수 있어요. 그런데 왜 안 하는 거죠?"

이해할 만한 질문이다.

자신들이 가진 힘이 100인데, 신혁돈은 자신들을 30짜리 임무에 투입시키면서 100의 가치를 전부 지불하고 있으니 의문이 드는 것이다.

이런 게 용병의 자존심이다.

하등 쓸모없는 자존심.

"필요 없으니까."

짧막한 대답에 통역하는 홍서현 또한 당황할 만하건만 그런 기색 하나 없이 그대로 전했다.

"…뭐요?"

어이가 없어진 예르민이 자신도 모르게 모국어, 포르투갈어를 토했다.

한데 홍서현이 통역을 했다.

시종일관 신혁돈에게 고정되어 있던 예르민과 메이븐의 눈이 홍서현에게로 향했다.

'얜 또 뭐야?'

한국인이 분명한데 일본어를 마스터하고 포르투갈어를 한다?

신혁돈도 예상밖의 일이었는지 홍서현을 바라보았지만 별다른 반응을 보이진 않고 말했다.

"우리에게 필요한 것은 호위입니다. 그 이상의 것은 알아서 합니다. 내게 필요한 것은 시간 내에 도착해 지시한 임무를 완벽히 해결해 줄 사람들이었고, 그에 합당한 대가를 지불한 것입니다. 그러니 일 때려치우고 돌아갈 거 아니면 이쯤 하십시오."

말을 들은 홍서현의 고개가 살짝 꺾였다.

신혁돈의 말투를 그대로 전할지 말지를 고민하는 것이 아니다.

포르투갈어로 해야 할 지 일본어로 해야 할 지를 고민하는 것이었다.

결국 홍서현은 일본어로 통역을 마쳤다.

홍서현의 말이 끝나자 메이븐은 헛웃음을 터뜨렸고 에르민은 눈을 흘겼다.

"알겠습니다. 미스터 신의 말대로 하겠습니다. 물건을 보여주실 수 있습니까?"

통역을 들은 신혁돈이 윤태수에게로 눈짓했고 윤태수는 한 걸음 앞으로 나오며 왼손의 아공간을 열었다.

마치 손등에서 창이 뽑혀 나오는 듯했다.

기괴한 광경에 두 사람의 눈이 휘둥그레졌다.

"저게 뭐죠?"

"저도 처음 봅니다."

예르민이 포르투칼어로 물었고, 메이븐이 영어로 답했다.

홍서현은 그걸 또 통역해준다.

신혁돈은 윤태수의 기행에 눈이 팔린 두 사람을 바라보았다.

메이븐과 예르민.

저번 삶에서도 유명했던 듀오다.

레이피어를 쓰는 예르민과 활을 쓰는 메이븐.

저만한 덩치로 무슨 활이냐 하겠지만, 메이븐이 다루는 활을 본다면 그런 소리가 나오지 않는다.

저번 삶, 그가 쓰던 활은 레비아탄의 뿔로 만들었었다.

활은 일반인은 물론이거니와 어지간한 각성자들은 당기지도 못한다. 그런 활을 당겨 에르그 에너지를 그득 담아 쏘면 어지간한 괴물들은 화살 한 방에 터져나간다.

그사이 시간을 끄는 것이 예르민.

브라질 전통 무술인 카포에라와 검술을 섞은 기묘한 움직임으로 전장을 휘젓는 여자.

한국에 그레이트 화이트 홀이 나타났을 때 같이 싸워본 기억이 있었고, 그게 기억에 남아 있다.

유니크 무기라는 과한 대금은 지금 연결 고리를 만들어두는 것도 나쁠 것 같지 않다는 생각이 끼어 있었다.

생각을 하는 사이 윤태수는 유니크 창을 꺼내 들어 그들의 눈앞에 보여주었다.

"한 번 쥐어 봐도 되겠소?"

윤태수의 시선이 신혁돈에게로 향했고 신혁돈은 고개를 끄덕였다.

올마이티는 돈을 위해서라면 무엇이든 한다.

딱 하나 하지 않는 게 있는 데 그게 바로 배신이다.

물론, 계약 기간 동안 만이긴 하지만 그동안 믿을 수 있다는 게 어딘가.

기대도 하지 않고 던진 질문을 허락해 주자, 메이븐은 기쁜 얼굴로 창을 쥐어보았다. 그리곤 옵션을 확인하고선 창을 다시 건넸다.

그 모습에 예르민이 아쉬운 듯 입술을 핥았다.

"대금 지불은 작전이 끝난 뒤 찾아오겠소. 그리고 자세한 작전 지시는 30분 뒤에 듣도록 하지."

말을 마친 메이븐은 자신이 데려온 올마이티의 길드원들에게로 향했고 예르민은 그의 뒤를 따랐다.

말이 끝나자 뒤에 서 있던 윤태수가 내용을 물었고 홍서현이 대답해주었다.

"거, 많이 준대도 지랄이네."

고준영이 중얼거리자 이남정이 말했다.

"용병들은 '나는 이런 일을 할 깜냥이 아닌데, 돈 때문에 어쩔 수 없이 해야 하는구나.' 하는 생각이 드는 작전을 제일 싫어합니다."

그의 말에 고준영이 물었다.

"왜입니까?"

"자존심입니다."

이해를 한 표정은 아니었지만 얼추 느낌은 왔는지 고준영이 고개를 끄덕였다.

*   *   *

호텔 스카이 라운지. 홀로 앉아 있던 조훈현의 옆으로 간수호가 다가와 말했다.

"다섯 길드가 함께하기로 했습니다. 인원은 133명입니다."

"좋지도, 나쁘지도 않네."

"윤태수, 그 양반이 한 말이 맞았습니다. 1/5이 움직일 거라 했는데, 혹시 해서 세어보니 25개 길드가 와 있습니다."

"참… 괴물 같은 사람들 많아."

"그러게 말입니다. 어쨌거나 시간 됐습니다. 출발하시죠."

조훈현이 움직이자 더 가드의 인원들 또한 그들을 따라 인바 늪으로 출발했고 더 가드와 뜻을 함께하기로 한 다섯 개의 길드가 그들의 뒤를 따랐다.

그리고 남은 스무 개의 길드 또한 움직이기 시작했다.

*　　　　　*　　　　　*

인바 늪, 텐구 길드의 정문으로 들어오는 차들이 하나둘씩 늘어갔다.

차에서 내리는 이들은 일본인도 있지만 중간중간 서양인들 또한 보였다.

"제대로 된 정의를 알아주는 이들이 이렇게나 많다니……."

건물 아래 모여 있는 이들을 바라본 텐구가 감격에 찬 목소리를 흘렸다.

윤태수가 말해준 것은 정확했다.

아직 신혁돈의 힘을, 그가 말한 그레이트 화이트 홀의 힘을 믿지 못하는 이들이 텐구에 붙기 시작한 것이다.

일본 전역에서 텐구를 돕기 위해 모인 길드원이 200명가량. 그 뒤 해외에서 들어와 텐구를 돕겠다고 나선 이들이 150명가량.

원래 텐구의 인원까지 합치면 600명이 넘는 대 인원이 그레이트 화이트 홀을 막기 위해 모인 것이다.

텐구는 천군만마를 얻은 것 같은 기분을 느꼈다.

"일본 연합이 막을 수 없다고? 말도 되지 않는 소리! 지금의 우리는 신이라도 막을 수 있다!"

기세는 그랬다.

650명의 각성자가 내뿜는 에르그 에너지만으로 인바 늪의 차원문들이 출렁거리고 있었으니까.

*   *   *

더 가드와 협력 길드. 패러독스와 올마이티를 포함한 모든 이에게 작전 설명이 끝났다.

하나둘씩 움직여 자리를 잡기 시작했고, 그사이 수뇌부가 모였다.

더 가드의 주축과 패러독스를 제외한 모든 이들은 11명이 작전지역으로 들어가 고르곤을 잡겠다는 말을 믿지 못하고 있었다.

'여차하면 우리가 투입되겠구나.'

하고 생각하는 이들이 과반수를 넘어 대부분이다.

당연한 결과다.

TV를 통해, 뉴스를 통해 듣는 것은 직접 눈으로 본 것이 아니기에 믿기 힘들고 그래서 피부로 다가오지 않는다.

이건 얕보이는 게 아니라, 그냥 모르는 것이다.

패러독스가 얼마나 강한지, 고르곤이 얼마나 강한지.

"텐구에 합류한 이들이 400명 가까이 됩니다."

조훈현의 말에 신혁돈이 쯧 하고 혀를 찼다. 그러자 덤덤히 있던 조훈현의 눈에 불안이 서렸다.

"…이러다 텐구가 잡아버리면 어떻게 합니까?"

그의 말에 인바 늪을 바라보고 있던 신혁돈의 시선이 조훈현에게로 향했다.

"제가 그걸 걱정하는 걸로 보입니까?"

"…아뇨."

"육백이 아니라 천이 있어도 못 잡습니다. 맞닥뜨리는 순간 잔챙이 백은 죽을 거고, 10분 안에 사백은 더 죽습니다. 그럼 혼란이 일어납니다. 도망치는 사람, 막는 사람, 싸우는 사람. 아주 사람 미치는 겁니다. 그 안에서 작전을 펼치려니 짜증 나서 그럽니다."

그의 말에 메이븐과 예르민. 다른 길드의 수뇌들의 눈에 '설마' 하는 빛이 서렸다.

신혁돈이 생각하는 것과 저들이 생각하는 것이 조금 다르긴 했다.

신혁돈이 짜증 나 하는 이유는 자신이 직접 죽일 수 있는 텐구의 인원들이 줄어들어서 짜증을 내는 것이었지만 저들이 이해하기로는, 그런 전장을 겪어봤다는 것으로 들리기 때문이었다.

모두를 대표하듯 조훈현이 물었다.

"그게… 진짭니까?"

그때.

조훈현은 뒷골이 짜르르 흔들리는 것을 느꼈다.

마치 누군가 뒤통수를 쥐고 뇌를 흔들어 터뜨리려는 듯한 고통!

조훈현은 본능적으로 깨달았다.

그레이트 화이트 홀이 열리려는 것이다.

조훈현이 입을 열려는 순간.

백종화가 한 걸음 앞서며 나섰다.

"21분 뒤, 그레이트 화이트 홀이 열립니다."

그의 말에 조훈현의 미간이 구겨졌다.

고통 때문이 아니다.

"시간을… 어떻게 아십니까?"

백종화는 조훈현을 힐끗 본 뒤 말했다.

"계속 보다 보면 보입니다."

"…그게 무슨."

백종화는 신혁돈을 따라 화이트 홀 수십 개를 없애고 다녔다.

그동안 그는 쉴 새 없이 화이트 홀을 살폈고, 결국 생성되는 시간을 파악하는 방법을 익힌 것이다.

조훈현이 다시 물으려는데 백종화를 비롯한 모든 패러독스 대원들이 움직이기 시작했다. 그들은 자연스럽게 무기를 꺼내고 챙겨야 할 것들을 준비했다.

방금까지 희희낙락하며 웃고 떠들던 이들의 모습이 순식간에 사라졌다.

조훈현은 문득 신혁돈이 부러워졌다.

이런 길드원들과 함께 전장을 누빈다니.

그리고 무서워졌다.

무슨 수를 썼기에 이런 이들을 키울 수 있단 말인가?

조훈현이 망설이는 사이 신혁돈을 제외한 패러독스들은 도시락에게로 향했다.

"그럼 뒤를 부탁합니다."

신혁돈의 말에 수뇌들이 고개를 끄덕였고 도시락에게로 향했다.

마지막으로 도시락에 오른 신혁돈이 길드원들에게 말했다.

"지금 가장 위협이 되는 것은 고르곤이 아니라 고르곤에 눈이 멀어 난입하려고 준비하고 있는 다른 길드들이다. 사냥이 끝났는데 사람이 다가온다 싶으면 그냥 죽여. 뒷일은 내가 책임진다."

신혁돈의 목소리는 꽤나 컸다.

싸움을 앞두고 긴장한 탓인가, 대원들에게 하는 말이 멀찍이 떨어져 있는 수뇌부의 귀에도 틀어박혔다.

수뇌부의 시선이 자신도 모르게 신혁돈에게로 향한 순간,

도시락이 날아올랐다.

도시락이 날아오르자 윤태수가 아공간에서 액션 카메라 11대를 꺼내들었다. 손바닥 반만 한 크기에 한 시간까지 촬영이 가능한 기종.

차원문 내에서는 전자 기기를 사용할 수 없으니 이전까지는 이용할 수 없었지만 이제는 이야기가 다르다.

화이트 홀이 나타나며 괴물에 대한 정보를 공유하기 위해 액션 카메라를 사용하는 빈도가 점점 늘고 있었다.

윤태수는 카메라를 한 대씩 나누어주며 말했다.

"복장을 통일하든가 해야지."

다들 복장이 가지각색이다 보니 액션 카메라를 달기가 애매하다. 일단은 촬영보다 괴물을 잡는 게 우선이니 오른 어깨 위에 다는 것으로 통일한 뒤 카메라를 달았다.

"이거 신기하네."

고준영은 자신의 어깨에 달린 카메라 앞으로 손을 휘휘 저어보더니 말했다.

"이렇게 조그만 게 한 시간까지 녹화를 합니까? 그것도 고화질로?"

"조선시대 살다 왔냐?"

"관심이 없어서 그런 겁니다."

혀를 찬 윤태수는 카메라 사용법을 설명한 뒤 자리에 앉아 주변을 둘러보았다.

아직 그레이트 화이트 홀이 나타나지 않았기에 방송국 헬기들이 여기저기 보이고 있었다.

하지만 괴물이 나타난 후에는 저 멀리 빠져 촬영할 수밖에 없다.

괜히 근접 촬영한답시고 붙었다가 눈 먼 마법에 맞거나 괴물의 눈에 들기라도 하면 그 자리에서 개죽음을 당하기 때문이다.

"그나저나 복장 말입니다. 고르곤 잡으면 그거 가죽으로 만드는 게 어떻겠습니까?"

고준영의 말에 윤태수가 오, 하는 소리와 함께 고개를 끄덕였다.

"괜찮네."

백종화 또한 동의하자 세 사람의 시선이 신혁돈에게로 향했다.

그의 복장은 오늘도 똑같았다.

삼선 트레이닝복 위로 아이가투스의 망토를 걸치고 워해머를 든 모습. 패션 쪽으로는 테러리스트라는 말을 들어도 할 말 없을 법한 옷차림이다.

신혁돈이 고개를 끄덕이자 고정훈이 신혁돈에게 물었다.

"혁돈 형님, 트레이닝복 말고 다른 옷도 괜찮으십니까?"

고준영의 물음에 신혁돈은 다시 한 번 고개를 끄덕였다.

"어? 정말입니까? 그 트레이닝복 항상 같은 브랜드만 입으시길래 무슨 사연이 있나 했는데. 아닙니까?"

"아니다."

다른 이들 또한 궁금했는지 귀를 쫑긋거리며 두 사람의 대화에 집중했다.

"그럼 왜 그것만 입고 다니십니까?"

"편하잖아."

원래 이런 양반이었지.

지극히 신혁돈스러운 대답에 고준영이 고개를 끄덕였다.

"남은 시간은?"

"5분 정도입니다."

백종화의 말과 동시에 인바 늪 전체의 에르그 에너지가 크게 요동쳤다.

그 순간 인바 늪 근처 대기에 퍼져 있던 모든 에르그 에너지가 한곳으로 모이기 시작했다.

에르그 에너지가 어느 정도 모이자 허공에는 작은 구멍이 생겨났고 모여든 에르그 에너지는 그 구멍을 넓혀나갔다.

"시작이다."

모두가 그레이트 화이트 홀이 생겨나는 과정을 지켜보느라 신혁돈의 말에 귀를 담는 이는 없었다.

허공에 생겨난 구멍은 점점 커졌다.

어지간한 화이트 홀이 가로세로 5미터를 넘지 않는 것에 비해 그레이트 화이트 홀은 이름값을 하는 듯 순식간에 5미터를 넘어서도 쉴 새 없이 커졌다.

허공에 생겨난 구멍이 거의 10미터는 되어 보이는 크기가 되었을 때, 구멍의 중심에서 수은과도 같은 은색 액체가 흘러나와 구멍을 메우기 시작했다.

그러면서도 구멍은 계속해서 커졌다. 마치 블랙홀이 생겨나는 과정을 눈으로 보고 있는 느낌에 김민희는 자신도 모르게 양팔을 끌어안았다.

그러자 옆에 서 있던 이서윤이 그녀의 손을 잡아주었다.

은색 액체는 순식간에 모든 구멍을 덮었고 유리와 같이 번쩍이던 은색 액체는 구멍을 다 덮는 순간, 껍데기를 벗어버리듯 출렁이기 시작했다.

"열렸군."

어디인지도 모를 차원과 지구가 연결된 것이다.

그 순간.

구우우우우—

그레이트 화이트 홀 안에서 알 수 없는 괴물의 숨소리가 길게 흘러 나왔다.

리치, 듀라한, 세뿔가시벌레, 브리아레오스 등 다른 이들은 상상도 하지 못할 괴물을 잡아온 패러독스의 길드원들의 몸조차 순간 굳게 만드는, 그런 힘이 담긴 숨소리였다.

"긴장 풀고 패턴을 익혀라. 어느 순간에 어떤 공격을 하는

지, 어떤 공격을 할 때 몸의 어떤 부위가 먼저 움직이는지. 하나라도 파악하면 목숨 하나를 버는 것과 마찬가지다."

여느 때와 다름없는 신혁돈의 목소리에 길드원들의 긴장이 조금이나마 풀렸다.

"후우."

몸이 굳을 정도로 긴장을 하고 있다가 막힌 혈이 뚫린 듯 훅 풀려 버리자 긴 한숨이 절로 흘러나왔다.

윤태수는 코밑을 슥 문지른 뒤 말했다.

"어떻게 그렇게 담담하십니까."

"사냥꾼이 사냥감에게 겁을 먹는 순간 사냥꾼과 사냥감의 경계가 사라져. 그럼 누가 누굴 잡을지 모르게 되지."

한마디로 기세다.

윤태수는 이해가 될 듯 말 듯 머릿속을 떠도는 말을 대충 치운 뒤 고개를 끄덕였다.

이해를 한다 해서 당장의 긴장을 떨칠 수 있는 것도 아니다.

'언젠간 이해하겠지.'

저 양반을 따라다니다 보면 언젠가는 마신 그리드를 눈앞에 두고도 긴장하는 게 아닌, 저걸 어떻게 죽이지? 라는 생각을 할 수 있을 것이다.

*   *   *

다행인지 불행인지, 차원문은 텐구 길드의 한가운데서 생겨나고 있었다.

일본 연합은 조를 나눈 대로 차원문을 둥그렇게 감싸고서는 공격을 준비했다. 650명에 달하는 인원의 1,000개가 넘는 눈이 차원문에 고정되어 있다.

이들의 총 지휘를 맡은 텐구는 머리 위에 떠있는 검은 점을 향해 시선을 던지고 있었다.

패러독스가 타고 있는 도시락을 보는 것이다.

'죽일 놈들.'

저들은 괴물에게 칼 한 번 찔러볼 기회조차 잡지 못할 것이다.

그전에 우리가 끝내버릴 테니까!

그우우우우우ー!

"온다!"

거친 숨소리와 함께 차원문이 크게 출렁였다.

그와 동시에 누런빛을 발하는 두 개의 뿔이 모습을 드러냈다.

한데 높이가 이상하다.

적어도 땅에서 4미터는 떨어진 높이.

뿔이 위로 향한 것도 아니고 직선이다. 한데 4미터 높이라니.

텐구가 침을 꿀꺽 삼켰을 때, 뿔이 위아래로 움직이며 쭉 늘어나듯 차원문 밖으로 모습을 드러냈다.

얼굴이 나타났다.

새빨간 눈.

그 사이로 화산 지대의 색과 같은 검은 피부가 있고, 피부를 가로지는 용암이 보였다.

꿀꺽.

크다는 말로는 표현이 되지 않을 위압감이 일본 연합 전체를 휘감았다.

단지 얼굴이 나타났을 뿐인데.

다시 한 걸음.

얼굴이 위아래로 움직인다 싶더니 한 번에 앞발이 나타났다. 대지를 딛는 굳건한 다리에도 용암이 흐르고 있다.

맥박에 맞춰 흐르는 용암은 금방이라도 떨어질 듯 고르곤의 몸을 휘감고 있었다.

텐구는 눈을 꼭 감았다가 떴다.

이미 기세에서 밀린 이상, 선공이라도 취해야 한다.

"공겨억!"

텐구의 목소리가 전장을 울렸고, 그와 동시에 수많은 원거리 공격이 고르곤에게 쏘아졌다.

*   *   *

끝없이 이어질 것 같던 공격이 멈추었다.

먼지에 가렸던 고르곤의 모습이 드러났을 때, 고르곤은 눈을 감고 있었다.

실낱같은 희망이 일본 연합의 가슴에 불을 지피려는 순간.

고르곤이 눈을 떴고, 고르곤의 몸을 가로지르는 용암 줄기가 빛을 토했다.

"그워어!"

포효와 함께 고르곤의 입에서 불기둥이 쏘아졌다.

윤태수는 자신의 눈을 의심할 수밖에 없었다.

불에서 밀도를 느끼다니.

지금까지 보았던 불은 불이 아니다.

고르곤의 입에서 뿜어지는 불이 진짜 불이다. 프로메테우스가 인간에게 전해주었다는 그 불이 실존한다면 바로 저것일 것이다.

밀도가 짙다 느껴질 정도로 에르그 에너지가 가득 찬 불기둥이 일본 연합의 중앙으로 쏘아졌다.

콰르르르릉!

불기둥이 마치 천둥과도 같은 소리를 내며 대지를 할퀴었다.

"…5미터가 아닌데."

SF 영화의 한 장면이 떠올랐다.

레이져 빔이 쏘아지고 그 뒤 모든 것이 사라진 장면과 같은 광경이 펼쳐졌다.

적어도 30미터는 될 법한 공간이 초토화되었고, 불기둥이 지나간 자리에는 검게 탄 땅을 제외하곤 남은 것이 없었다.

윤태수가 침을 꿀꺽 삼키며 신혁돈을 바라보았고 굳어 있는 그의 얼굴을 발견할 수 있었다.

"이게 어떻게 된 일입니까?"

대답 대신 신혁돈은 생각에 잠겼다.

고르곤은 맞다.

한데 자신이 알고 있던 고르곤보다 거대하고, 강하며 보유한 에르그 에너지양은 가늠하기조차 힘들다.

"차원지기의 심장."

그거다.

두 개의 심장을 부수며 대기에 퍼진 에르그 에너지의 양이 예상 범주를 뛰어넘었다.

그 점을 염려하지 않은 것은 아니지만, 2주가 넘는 시간을 앞당긴 이상 별 상관없을 것이라 생각했고, 방심은 결국 재앙을 불러오고 말았다.

불기둥이 떨어진 순간, 지상에서의 승부는 정해진 것이나 다름없었다.

어느새 차원문을 빠져나온 고르곤은 세 개의 꼬리를 채찍처럼 휘두르고 뿔로 바닥을 긁었으며 고개를 숙여 인간들을 잡아먹었다.

일본 연합은 제대로 된 반항조차 하지 못했다.

밀리 계열의 능력자들은 다가서기 무섭게 꼬리에 조각이 났고, 메이지 계열 능력자들의 공격은 통하지도 않았다.

이건 전투가 아니다.

그저 학살일 뿐이다.

텐구를 벌하겠다는 생각조차 사라졌다.

저기 있는 모든 인간은 절대 살아남을 수 없다.

650명이 모두 죽을 때까지 고르곤은 학살을 멈추지 않을 것이다. 그리고 나서는? 외곽을 지키고 있는 이들에게 달려들 것이고 그들을 모두 죽일 것이다.

그전에 막아야 한다.

"190초. 그 안에 방법을 생각해 내야 한다."

일본 연합이 버틸 수 있는 시간, 아니, 모두 죽을 때까지 걸리는 시간의 맥시멈이 190초다.

계산을 마친 신혁돈이 말했고, 윤태수와 백종화가 고르곤을 내려 보았다.

그때, 이서윤이 말했다.

"고르곤의 피부에 있는 저 문양. 저거 패턴이에요."

"…다시."

"설마 하는 생각에 세 번을 확인했고 확실해요. 몸 전체가 패턴으로 이루어져 있어요. 쉽게 설명하자면 마법진을 온몸에 두르고 있는 거죠."

"능력도 확인 가능한가?"

"증폭 계열이에요. 이건 확실하지 않아요."

신혁돈이 답을 찾은 듯 이서윤을 바라보았다.

"파훼 방법은 있나?"

"당장은 없어요. 시간… 시간이 필요해요."

"저들이 버는 시간 3분. 내가 벌 수 있는 시간이 10분이다. 그 안에 해결하지 못하면 내가 죽는다."

신혁돈의 입에서 처음으로 '죽는다'는 말이 나왔다.

이런 상황에서도 덤덤한 신혁돈의 목소리에 이서윤이 입술을 깨물었다.

"패러독스가 함께하면요?"

"2분 정도가 늘어난다."

10명의 목숨을 던져 2분을 늘릴 수 있단다.

지금까지 백전불태로 모든 괴물을 쓸어버리며 여기까지 달려온 패러독스가 단 2분을 벌 수 있다니.

쉬이 믿기지 않았지만 지상에 펼쳐지고 있는 지옥도를 보면 단박에 이해가 된다.

이서윤은 뇌가 하얗게 비는 것을 느끼며 눈을 감아버렸다.

그러자 신혁돈이 말을 이었다.

"내 실수다. 그러니 내가 책임지지."

벌써 30초는 지났다.

신혁돈은 빠르게 말을 뱉었다.

"김민희, 윤태수가 나와 함께 내려간다. 나머진 도시락 위에서 대기. 메이지들은 최대한 우리를 방어하는 쪽으로 지원한다."

모두가 대답을 망설이는 사이, 이남정이 말했다.

"저도 가겠습니다."

"근접 공격은 의미 없어. 내가 윤태수를 데려가는 이유는 시선 분산용이다."

김민희는 불에 타 가루만 남아도 다시 살아나기에 이유를 설명할 필요도 없다.

이남정은 입술을 씹었지만 때를 쓴다고 될 일이 아니었다.

그사이 또 10초가 지났다.

자신도 모르게 힐끗 내려 본 지상은 지옥이나 다름없었다. 이남정은 애써 지상의 상황을 무시하며 신혁돈을 바라보았다.

신혁돈 또한 지상을 내려다보고 있었는데 아까보다 표정이 좋지 않다.

"방법이 있어요."

그때, 이서윤이 눈을 뜨며 말했다.

"에너지… 엄청난 양의 에르그 에너지가 필요해요. 저 정도 마법진이라면 에너지가 역류하는 순간 자신의 에르그 에너지를 버티지 못하고 터져 죽을 거예요."

"엄청난 양이라면 어느 정도지?"

이서윤의 시선이 바로 아래, 그레이트 화이트 홀로 향했다.

그녀의 머릿속을 들여다본 듯, 그녀의 뜻을 이해한 신혁돈이 고개를 끄덕였다.

"괜찮은 방법이군."

그우우우우우!

신혁돈의 말과 동시에 고르곤이 포효를 뱉었다. 자연스럽게 시선이 향했고 붉은 가면을 쓴 텐구가 고르곤의 머리 언저리를 뛰어다니며 공격하는 모습이 눈에 들어왔다.

고르곤은 귀찮다는 듯 세 개의 꼬리를 휘휘 저었다.

텐구는 먹구름으로 변하며 세 개의 꼬리를 피해냈고 고르곤의 턱 밑에 검을 박아 넣는 데 성공했다.

하지만 고통에 찬 포효는커녕, 아무런 반응조차 없다.

당황한 텐구가 검을 뽑으며 턱을 발로 찬 뒤 하늘로 솟구친 순간.

고르곤의 몸을 감고 있는 용암이 빛을 발했고, 다시 한 번 불기둥이 쏘아졌다.

콰르르르르릉!

그렇게 텐구가 사라졌다.

이남정은 쯧 하고 혀를 차는 것으로 복수의 아쉬움을 대신했다.

"개 같은 놈. 어차피 뒈질 거면 힘이라도 빼놓고 죽던가."

그렇지 않아도 패닉에 빠져 있던 일본 연합은 일본의 영웅이라 불리던 텐구를 잃는 순간을 기점으로 와르르 무너지기 시작했다.

그나마 체계적으로 공격과 방어를 담당하던 길드 텐구가 지휘관을 잃자 텐구를 중심으로 모였던 길드들 또한 우왕좌왕하기 시작했고 고르곤은 고삐 풀린 망아지처럼 날뛰었다.

"내려간다."

일본 연합은 무너졌다.

이제는 패러독스가 나설 차례였다.

신혁돈의 명령에 도시락이 고도를 낮추었고 홍서현이 지팡이를 높게 들었다. 그러자 가이아의 축복이 신혁돈과 윤태수, 김민희의 몸으로 녹아들었다.

"죽지 마십시오."

신혁돈은 대답 대신 도시락의 아래로 뛰어내렸다. 그와 동시에 윤태수가 빛의 날개를 펼치며 신혁돈의 뒤를 따랐고, 가슴께까지 방패를 끌어올린 김민희가 이를 악물고 말했다.

"화이팅!"

김민희마저 시야에서 사라진 순간, 안지혜가 스킬을 발동시켰다.

"일어나라!"

그녀의 말과 동시에 뛰어 내린 세 사람의 발밑으로 돌기둥이 솟아올라 발판을 만들어주었다.

"붙잡아라."

백종화 또한 언령을 발동시켜 거대한 거인의 손을 만들어 낸 뒤 고르곤의 발목을 붙잡았다.

거침없이 일본 연합을 학살하던 고르곤이 차원문을 나온 뒤 처음으로 멈추었다.

"무우우!"

자신의 발목을 쥐고 있는 흙 거인의 손이 마음에 들지 않는 듯 고르곤이 다리를 거칠게 털자 거인의 손이 부서지며 흙먼지가 피어올랐다.

그사이 지상에 도착한 신혁돈 일행이 고르곤에게로 달려 들었다.

2미터가 되지 않는 인간과 어깨 높이만 4미터에 달하는 괴물의 싸움!

어느새 세뿔가시벌레의 껍질로 된 갑주를 두른 신혁돈이 워해머의 손잡이를 쥔 채 고르곤의 머리를 향해 몸을 날렸다.

드드드드!

신혁돈이 가진 힘을 눈치챈 것인지, 고르곤이 한 걸음 뒤로 물러서며 꼬리를 휘둘렀다. 마치 세 마리의 뱀처럼 사이

하게 움직이는 꼬리가 세 방향을 점하고 날아들었다.

꼬리의 끝은 잘 갈아놓은 검처럼 날카로웠고, 그것을 잘라낼 수 있는 무기는 없다.

즉, 신혁돈이 가진 힘으로는 꼬리를 무력화시킬 방법이 없었다.

그렇다면 고르곤의 힘을 이용하는 수밖에.

신혁돈은 날아드는 두 개의 꼬리를 간발의 차로 피했다. 그리고 마지막 꼬리가 날아드는 순간, 신혁돈이 워해머로 날카로운 꼬리의 끝 부분을 후려쳤다.

꾸웅!

겹날개를 쉴 새 없이 움직이며 날고 있던 신혁돈이 힘을 이겨내지 못하고 튕겨나가 바닥에 처박혔다.

"형님!"

워해머의 송곳 부분에 찍힌 꼬리 또한 성치는 않았다.

"그으으! 무우!"

고르곤이 처음으로 고통 섞인 포효를 토했고, 붉디붉은 고르곤의 피가 꼬리의 궤적을 따라 사방으로 흩뿌려졌다.

고르곤은 포효와 동시에 머리를 흔들고선 신혁돈이 처박힌 땅을 향해 찔러 넣었다.

그 순간.

"하압!"

어느새 뛰어오른 윤태수가 고르곤의 머리를 향해 아차람

의 구슬들을 집어던졌다.

콰콰콰쾅!

아차람의 구슬들 십여 개가 고르곤의 눈앞에서 연쇄 폭발을 일으켰고 고르곤은 어쩔 수 없이 한 걸음 뒤로 물러섰다.

그 대신 신혁돈이 쓰러진 자리를 향해 멀쩡한 꼬리 두 개를 쑤셔 넣었다.

투캉! 푸확!

날아든 꼬리 하나는 김민희의 방패를 후려치고선 궤도가 틀어져 바닥에 박혔다. 김민희의 방패가 꼬리에 담긴 힘을 이겨내지 못하고 튕겨나갔고 그 순간.

나머지 꼬리가 김민희의 허리를 갈랐다.

"끄… 어……."

김민희의 허리를 찢어발기듯 통과한 꼬리는 두 동강 난 김민희의 꼴이 마음에 든다는 듯 부르르 떨며 제자리로 돌아갔다.

난생 처음 겪는 엄청난 고통에 김민희의 동공이 돌아가 흰자만 남는 순간, 바닥에 처박혀 있던 신혁돈이 투수가 던진 공처럼 고르곤을 향해 날아갔다.

김민희가 시간을 벌어준 덕에 중급 치유를 사용할 시간이 생긴 것이다.

'일단 꼬리를 부순다.'

꼬리만 부수면 고르곤의 공격 수단의 반 이상은 무력화시키는 것이다.

신혁돈의 공격이 제대로 먹힌 것인지 고르곤은 자신을 향해 날아드는 신혁돈을 향해 두 개의 성한 꼬리를 휘둘렀다.

그 짧은 사이, 방금처럼 신혁돈이 반격하더라도 대미지를 최소화할 수 있는 방법을 찾아낸 것이다.

'보통 놈이 아니다.'

신혁돈이 두 개의 꼬리를 상대하는 사이, 윤태수가 고르곤의 뒤를 잡기 위해 빠르게 달렸고, 뒤에 도착하기도 전에 땅거죽이 솟아오르며 윤태수에게 발판을 만들어주었다.

마치 윤태수의 이동경로를 예측이라도 한 듯 계속해서 발판이 솟아오른다.

이건 백종화의 솜씨가 분명하다. 높이와 크기마저도 완벽한 것이 자신이 어디로 움직일지 전부 알고 있는 듯했다.

윤태수는 검을 든 손에 힘을 주어 잡생각을 털어버린 뒤 고르곤의 엉덩이를 향해 달렸다.

'꼬리를 자른다.'

마음 같아서는 고르곤의 몸 안으로 들어가 다 썰어버리고 싶었다.

그러기 위해서는 입구를 지키고 있는 꼬리를 잘라야 한다.

'두 걸음!'

한 걸음으로 발판을 밟고, 두 번째 걸음으로 뛰어 올랐다.

신혁돈을 공격하느라 정신없이 움직이는 꼬리가 코앞으로 다가온 순간.

윤태수가 에르그 에너지를 폭발시키듯 증폭을 발동시켰다.

그의 등에서 빛의 날개가 펼쳐졌고 그 순간 윤태수의 검이 두 개의 꼬리를 베었다.

카가가가가가각! 팅!

하나의 꼬리를 반쯤 가른 윤태수의 검이 튕겨 나왔다. 윤태수는 손아귀가 찢어지는 것을 느끼면서도 검을 놓지 않았다.

"무어어어어!"

고통에 찬 포효와 함께 붉은 피가 사방으로 튀었다.

그와 동시에 고르곤이 윤태수를 향해 몸을 돌리려 했으나 신혁돈이 얼굴을 노리고 달려드는 바람에 몸을 돌리지 못했고, 결국 두 개의 꼬리만 윤태수를 노렸다.

하나의 꼬리는 중간이 부러진 버드나무처럼 휘청거렸고 윤태수를 노리는 꼬리는 하나뿐이다.

'이 정도라면 충분히 피할 수 있다.'

신혁돈의 말을 따라 패턴을 보아둔 효과가 있다. 그가 당하는 동안, 김민희의 허리가 잘려 나가는 동안 윤태수는 꼬리의 패턴을 보았고, 알아챘다.

'한 방을 노릴 게 분명해.'

그의 생각대로 고르곤의 꼬리는 바닥을 쓸 듯 윤태수를 향해 날아왔다.

"하앗!"

윤태수는 꼬리를 피해 훌쩍 뛰었다.

그 순간.

꼬리의 끝이 뱀의 대가리마냥 기형적으로 휘어지며 다시 윤태수를 노렸다.

'예상대로!'

윤태수는 자신을 노리는 꼬리를 등에 단 채, 고르곤의 반쯤 잘려 있는 꼬리를 향해 달려들었다.

그러자 고르곤은 마치 꼬리에 눈이 달린 듯, 몸을 돌려 엉덩이를 피했다.

'미친……!'

이미 공중으로 뛴 이상, 방향을 바꿀 순 없다. 이대로라면 윤태수는 고르곤의 엉덩이에 착지하게 된다.

그 순간, 윤태수의 머릿속에 빛이 스쳤다.

생각을 마친 윤태수가 뒤를 돌아보았고, 자신을 향해 빠르게 날아들고 있는 꼬리를 발견했다.

'저걸 이용한다.'

고르곤의 엉덩이가 코앞까지 다가온 순간. 윤태수는 파리마냥 고르곤의 엉덩이에 달라붙었다.

"끄아!"

고르곤의 피부에 혈관처럼 흐르고 있는 용암은 장식이 아니었다. 용암을 피해 검은 피부에 달라붙는 것만으로 엄청난 열기가 느껴졌고 피부를 붙잡고 있는 손의 피부가 오그라들기 시작했다.

'버틴다!'

꼬리는 자신의 몸을 찌를 수도 있는 상황에도 속도를 늦추지 않았다. 어떻게든 윤태수를 죽여 버리겠다는 의지!

'됐다!'

꼬리가 윤태수의 허리를 동강내기 직전!

윤태수가 바닥으로 뛰어내렸다.

'형님, 믿습니다!'

윤태수의 시선이 하늘로 향했고, 마치 알고 있다는 듯 땅거죽이 솟아오르며 윤태수를 받아주었다.

쿠우웅!

"무우우우우우!"

자신의 꼬리로 엉덩이를 찌른 꼴이 된 고르곤이 미친 듯이 포효하며 날뛰었다.

꼬리를 휘두르는 것도, 불을 뿜지도 않았지만 건물만 한 놈이 날뛰기 시작하자 지진이라도 난 듯 지축이 흔들렸다.

윤태수는 최대한 멀리 물러서며 하늘을 올려보았다.

그 순간 하늘에서 노란 빛줄기가 흘러내려와 윤태수의 몸을 감쌌다.

'가이아의 축복인가.'

고르곤이 날뛰는 덕에 신혁돈과 김민희의 위치를 파악하지 못하고 있던 윤태수에게 두 개의 빛줄기가 더 보였다.

'합류? 아니다. 교란한다.'

신혁돈이 자신을 데려온 이유.

고르곤에게 치명타를 먹이기 위해서가 아니다. 고르곤의 신경을 빼앗아 신혁돈이 치명타를 날리는 것을 돕기 위해서였다.

다시 한 번 힘이 솟는 것을 느낀 윤태수가 침을 꿀꺽 삼켰다.

고르곤이 자신의 주변에 있는 이들을 쫓아내기 위해 날뛰기 시작하자 신혁돈은 아직까지 쓰러져 있는 김민희를 챙겨 뒤로 물러섰다.

사방이 폐허다.

주변에 있던 건물들은 반 이상이 무너졌으며 시선이 닿는 곳마다 시체가 널브러져 있다.

"쯧."

자신들이 자초한 일이니 동정할 생각은 없다.

하지만 이만큼의 각성자들이 죽어나갈 일은 아니었다. 이런 일을 벌인 텐구 놈은 어이가 없을 정도로 쉽게 죽어버렸다.

텐구 길드원들 또한 텐구와 함께 뼈를 묻기로 했는지 도망도 치지 않고 장렬히 산화했기에 탓할 대상도 남지 않았다.

혀를 찬 신혁돈이 김민희에게로 시선을 돌렸다.

깔끔하게 잘린 것이 아니라 거의 뭉개지듯 두 동강 났던 김민희의 상, 하체는 벌써 상처만 남은 채 붙어 있었다.

김민희는 긴장이 풀렸는지 허, 하고 한숨을 흘린 뒤 자신의 배를 문질렀다.

"…진짜 붙네. 젤리도 아니고."

"아프겠군."

"진짜 죽도록 아파요."

"지금도 아픈가?"

"당연하죠."

김민희는 눈을 흘겼고 신혁돈은 어깨를 으쓱였다.

"두 동강 나본 적이 없어서 모른다."

"내드릴까요?"

"고르곤부터."

그제야 김민희의 시선이 고르곤에게로 향했다.

꼬리를 두 개를 못 쓰게 된 것에 대한 분노를 애꿎은 땅에다 대고 풀고 있었다. 그것으로도 모자란지, 검은 피부가 점차 검붉게 변하고 있었다.

'공격력이 모자라다.'

게다가 순간순간 엄청난 양의 에르그 에너지를 사용하다

보니 잠식의 진행률이 미친 듯이 빨리 올라가고 있었다.

그렇다고 몬스터 폼을 해제할 수도 없는 상황.

장기전으로 끌고 갔다간 고르곤보다 신혁돈이 먼저 지친다. 빠르게 끝내야 하는데 길이 보이질 않는다.

'뼈를 부러뜨릴 수 있다면……'

16배 증폭된 공격을 미간에 꽂을 수만 있다면 고르곤이라도 버티지 못하고 죽는다.

죽이지 못하더라도 이서윤이 제시한 작전의 발판이라도 만들 수 있다.

한데 부러뜨릴 수 있는 뼈가 없다.

마음 같아서는 자신의 뼈라도 부수고 싶었으나 그랬다간 제대로 된 공격을 할 수 없다.

그렇다고 윤태수를 불러서 부술 수도 없고…

그 순간.

신혁돈의 시선이 김민희에게로 향했다.

김민희는 아무런 감정이 담기지 않은 신혁돈의 눈동자와 마주친 순간 알 수 없는 오한을 느꼈다.

피를 너무 많이 흘려서 그런가?

김민희가 뒷목을 주무른 순간.

"김민희."

신혁돈이 그녀의 이름을 불렀다.

신혁돈의 목소리를 들은 순간, 김민희는 그의 시선을 피해 자신의 발을 바라보았다. 그러자 신혁돈이 다시 한 번 그녀의 이름을 불렀다.

"김민희, 부탁이 있다."

"뭔데요?"

"손 하나만 부수자."

"…네?"

"길게 설명할 시간이 없다."

고르곤의 움직임이 점점 느려지고 있다. 곧 분노가 사그라지고 자신을 분노케 한 대상을 잡아 죽이려 움직일 것이다.

가장 가까이 있는 신혁돈이 첫 번째가 될 가능성이 높다.

"제 손을… 부순다구요?"

"그래. 워해머의 스킬을 이용할 거다."

김민희가 워해머에 붙어 있는 스킬을 떠올렸다.

뼈를 부숴 공격력을 올리는 독특한 능력. 그것과 신혁돈의 말을 종합한 순간. 안 그래도 큰 김민희의 눈이 두 배는 커졌다.

"그러니까… 제 뼈를 네 개 부숴서 공격력을 증가시킨 뒤 고르곤을 치시겠다?"

"정확해."

김민희의 시선이 자연스레 자신의 손으로 향했다.

꿀꺽.

방금 신혁돈의 앞을 가로막아 몸이 반 토막 나는 고통을 겪었다.

워낙 창졸지간에 본능적으로 움직인 것이라 고통을 상상할 새도 없기에 움직일 수 있었다. 그래서 움직일 수 있던 것이다.

한데 이번엔 다르다.

신혁돈의 손에 들린 무지막지한 워해머를 보는 순간, 손가락이 아작 나는 고통이 절로 상상되었고, 김민희의 동공이 지진이라도 난 듯 흔들렸다.

"…아, 싫다. 방법은 그거뿐이죠?"

"미안하다."

"마음에도 없는 소리 하지 말고"

"진심인데."

"됐고, 고르곤, 저 소 새끼 확실히 끝내야 돼요."

"약속하지."

불안한 눈으로 말을 하면서도 김민희는 왼손바닥을 쫙 펴서 바닥에 내려두었다. 그리곤 반대편으로 고개를 돌린 뒤 말했다.

"사, 살살 해줘요."

"그게 가능할 리가 있나."

"아, 좀 말이라도!"

김민희가 고개를 돌려 신혁돈을 바라보며 눈을 부라렸다.

신혁돈은 어느새 위해머로 김민희의 손가락을 조준하고 있었고, 김민희는 경악하며 눈을 질끈 감았다.

"순식간에 끝내지."

말을 마친 순간.

신혁돈의 위해머가 김민희의 엄지를 내리찍었다.

"끕!"

쾅! 쾅! 쾅! 쾅!

엄지에서 감각이 사라진 순간, 손 전체의 감각이 사라졌다. 자신도 모르게 깨문 입술의 감각도 사라졌고, 지진이라도 난 듯 땅이 울렸다.

신혁돈이 땅을 박차고 날아간 것이다.

끝났나?

김민희가 다시 눈을 떴을 때.

'정말 세상이 노래지는구나.'

황사가 가득 낀 듯 눈앞이 노랗게 보였고, 그 순간 고통이 밀려왔다.

"끄으으으읍."

잇새로 흘러나오는 고통을 참고 고르곤이 있는 방향을 바라보자, 새빨간 빛을 뿜는 위해머를 든 신혁돈의 등이 보였다.

왜인지 모든 문제가 해결될 것 같다는 생각이 들었다.

그리고 자신의 손을 부숴 버프를 얻는 것이 마지막이 아닐 것 같다는 불안감이 엄습했다.

"에이, 설마……."

김민희는 자신도 모르게 부서졌던 손가락을 바라보았다.

정확히 손톱 4개가 사라져 있다.

'하여간 대단한 양반이야.'

김민희 얼굴 크기의 워해머 헤드를 내려쳐 손톱만 부순 것이다. 죽도록 아프긴 했지만 재생되는 것이 눈에 보일 정도로 빠르게 낫고 있었다.

김민희는 멀쩡한 오른 손으로 방패를 집어 들고 일어섰다.

그리고 다시 고르곤을 보았을 때, 신혁돈이 고르곤의 머리를 후려치려 날아들고 있었다.

*   *   *

[뼈를 부수는 자가 발동되었습니다.]
[뼈를 부숨으로 16배의 공격력이 적용됩니다.]

메시지가 떠오른 순간, 신혁돈은 세뿔가시벌레의 겹날개를 펼친 뒤 고르곤을 향해 날았다.

타이밍 좋게 고르곤 또한 신혁돈을 바라보고 있었다.

세 개의 꼬리 중 제대로 움직일 수 있는 건 하나뿐. 그조차 어느새 달려든 윤태수에 의해 봉쇄되어 있다.

'지금이다.'

몇 초도 되지 않아 백 미터의 거리를 줄인 신혁돈이 고르곤의 미간을 향해 달려든 순간.

고르곤의 온몸에 흐르고 있는 용암이 빛을 뿜었다.

'불기둥!'

고르곤의 입이 신혁돈을 향해 벌어졌고, 목구멍으로 응축되는 에르그 에너지가 눈에 보일 정도로 뭉쳐졌다.

이대로 돌진한다면?

고르곤의 입천장에 워해머를 박아 넣을 수 있다.

만약 0.1초라도 먼저 불기둥이 뿜어진다면?

재조차 남기지 못하고 죽을 것이다.

둘 중 하나가 죽을 수밖에 없는 도박!

'아니, 기회다!'

신혁돈은 날개의 속도를 늦추며 방향을 꺾긴커녕 더욱 빠르게 날갯짓을 하며 고르곤의 입을 향해 달려들었다.

신혁돈이 고르곤의 입속으로 사라진 순간, 고르곤의 목구멍에 시뻘건 불덩이가 생겨났다.

당장에라도 뿜어질 듯 불덩이가 박동했고 가까워진 신혁돈의 피부가 녹기 시작했다. 그럼에도 신혁돈은 멈추지 않았고 결국 입천장에 닿은 순간.

"죽어라!"

붉게 물든 신혁돈의 워해머가 고르곤의 입천장을 때렸다.

콰드드득!

워해머가 고르곤의 입천장을 파고들었고, 고르곤의 몸 전체가 들썩였다.

그 순간.

목구멍에서 들끓고 있던 에르그 에너지가 통제를 잃었고 당장에라도 폭발할 듯 크기를 부풀렸다.

'터진다.'

그와 동시에 고르곤이 쓰러지고 있다.

아직 죽진 않았지만, 뇌에 큰 충격을 받고 잠깐 정신을 잃은 게 분명하다.

신혁돈이 입 밖으로 빠져나온 순간.

콰아아아아아아앙!

고르곤의 입속에 모여 있던 에르그 에너지가 폭발했다.

폭발 반경을 벗어나지 못한 신혁돈이 에르그 에너지 폭풍에 휩쓸렸고, 겹날개가 찢어지며 바닥으로 내동댕이쳐졌다.

"받아!"

그 광경을 보고 있던 백종화가 손을 휘둘러 거인의 손을 만들어냈고, 땅에서 솟아난 거대한 손이 신혁돈을 받아냈다.

신혁돈은 온몸이 부서지는 충격에도 고르곤에게 시선을 고정하고 있었다. 아무리 고르곤이라 한들 저만한 에너지가 입속에서 터지면 무사하지 못하다.

"쓰러진다!"

도시락의 등 위에 올라있던 누군가가 소리쳤다.

그의 말대로 고르곤이 옆으로 쓰러지고 있었다. 신혁돈의 공격과 에르그 에너지의 폭발로 한쪽 눈은 터진 듯 피를 줄줄 흘리고 있었고 코와 귀에서도 마찬가지로 피가 흐르고 있었다.

쿠웅!

결국 고르곤이 쓰러졌다.

하지만 죽진 않았는지 피부에 흐르는 용암이 여전히 연기를 피어올리고 있었다.

게다가 땅에 닿은 용암이 바닥을 녹이기 시작했고, 매케한 연기가 피어오르며 고르곤의 몸이 가려지고 있었다.

"지금이다!"

윤태수가 소리친 순간, 어느새 하강한 도시락의 몸 위에서 밀리 계열 각성자들이 고르곤의 몸 위로 뛰어 내리며 가지고 있는 모든 에르그 에너지를 쏟아부었다.

하지만, 피부에 상처를 낼 뿐 치명상은 입히지 못했다.

그것을 깨달은 윤태수가 떨거지와 이남정, 골렘을 보며 소리쳤다.

"발목! 움직임을 봉쇄해!"

제대로 된 오더를 받은 이들이 바람처럼 움직여 고르곤의 네 다리로 흩어져 발목 근육을 끊기 시작했다.

피부에 들끓고 있는 용암을 피해 톱질을 하듯 피부를 가르고 근육을 썰어낸다. 워낙 커서 그 작업조차 쉽지 않았다.

다리 하나의 근육을 끊었을 때.

"무어어어어어어!"

고르곤이 온몸을 경련하며 머리를 흔들었다. 순간 놀란 패러독스 길드원들이 재빨리 물러났고, 그 순간 타이밍을 잡은 고르곤이 벌떡 일어섰다.

그리고 하나 남은 눈으로 신혁돈을 바라보았다.

얼굴 한쪽에 부분에 폭탄이라도 맞은 듯 턱은 반쯤 갈라져 피가 줄줄 흐르고 있었고, 목구멍엔 화상이라도 입었는지 가르르륵거리는 숨소리가 귀를 거슬렀다.

신혁돈 또한 고르곤의 눈을 마주보았다.

이래도 안 죽는다니.

새삼 차원지기의 심장이 얼마나 큰 에르그 에너지를 가지고 있는지가 실감되었다.

신혁돈이 가진 힘을 저번 삶에 비하자면 태양 앞 반딧불이 정도긴 하다.

하지만 고르곤 정도는 어찌어찌 잡을 정도는 되기에 이번 작전을 짠 것이다.

한데, 이건 너무 강하다.

신혁돈은 고개를 휘휘 저었다.

'잡을 수 있다.'

에르그 에너지를 빠르게 움직여 이서윤이 설치해 준 치유 마법진에 쏟아부어 몸을 회복시켰다.

그때.

[잠식 진행률 : 91%··· 91.2%···]

"젠장······."

남은 시간은 1분 정도.

아까부터 모두의 벗의 효과로 잠식에 저항하고 있었지만 이제는 그조차 한계다.

신혁돈의 시선이 하늘을 날고 있는 도시락에게로 향했고, 그 위에 있는 이서윤을 보았다.

남은 것은 이서윤의 작전뿐.

신혁돈은 멀리 떨어져 자신을 바라보고 있는 일행들을 슥 바라보았다.

'무전기가 필요하겠군.'

작전을 설명할 시간조차 없다.

저들이 자신의 의도를 알아주길 바라는 수밖에.

날개의 치료를 마친 신혁돈이 벌떡 일어섰다.

"무어어어어!"

그러자 고르곤이 그에게 달려들었다. 신혁돈은 재빨리 날아올랐고 고르곤의 돌격은 애꿎은 거인의 손을 부수었다.

신혁돈은 고르곤을 약 올리듯 잡힐 듯, 잡히지 않는 거리를 유지하며 날았다.

화가 난 고르곤이 신혁돈을 향해 불을 뿜었지만 신혁돈은 여유롭게 피해낸 뒤 아직까지 출렁이고 있는 그레이트 화이트 홀 앞에 섰다.

그러자 고르곤이 멈칫했다.

'순순히 들어가자, 소 새끼야.'

마치 신혁돈의 말을 듣기라도 한 듯, 고르곤이 투레질을 했고, 그 순간 신혁돈이 워해머의 손잡이를 힘껏 쥐었다.

"무어어!"

고르곤이 뒤는 없다는 듯, 신혁돈을 향해 달려들었다. 고르곤의 뿔이 신혁돈을 찌르기 직전, 신혁돈은 차원문으로 몸을 던졌다.

추우울렁!

그레이트 화이트 홀은 신혁돈을 삼킨 뒤 자신을 향해 달려든 고르곤마저 삼켜 버렸다.

그러자 차원문의 밖은 정적에 휩싸였다.

윤태수가 한숨을 내쉬었다.

"허……."

방금까지 격렬히 벌이던 전투가 꿈이라는 듯, 모든 광경이 비현실적으로 느껴졌기 때문이다.

바람조차 불지 않는 인바 늪은 폐허나 다름없었다.

건물들은 원래의 형체를 알아볼 수 없을 정도로 폐허가 되어 있었고, 사람의 시체 또한 마찬가지.

이게 괴물 한 마리가 만들어낸 재앙이라니.

만약 신혁돈이 없었더라면?

상상하기도 싫었다.

*   *   *

등 뒤로 고르곤의 숨결이 느껴진다.

눈앞에는 어른 주먹만 한 크기의 새하얀 차원석이 허공에 뜬 채 존재감을 뿜고 있었다.

이서윤이 말한 계획은 엄청난 양의 에르그 에너지를 폭발시켜 마법진을 유지하는 에르그 에너지를 흩어버리는 것이다.

"무어어어어!"

어느새 신혁돈을 따라잡은 고르곤이 뿔로 신혁돈의 허리를 찔러왔다.

후우웅!

뒤도 보지 않은 채, 바람 소리만을 통해 공격을 피해낸 신혁돈은 그대로 차원석을 향해 날아들었다.

그리곤 허공에 떠있는 차원석을 위해머로 후려쳤다.

'끝이다!'

쩌어엉!

새하얀 크리스탈 모습을 한 차원석이 갈라지며 에르그 에너지가 폭발하듯 뿜어져 나왔다.

뿔을 통한 공격이 실패하자 불을 뿜으려던 고르곤이 멈칫한 순간, 형체가 없는 에르그 에너지가 고르곤의 몸을 지나 공간 전체를 감쌌다.

그 순간.

고르곤의 몸을 휘감고 있던 새빨간 용암이 빛을 잃었다.

"그으으으으으."

그와 동시에 고르곤이 힘을 잃고 휘청였고, 입으로는 피를 토해냈다.

에르그 에너지가 마법진의 균형에 간섭하며 신체의 에르그 에너지 불균형을 불러왔고 내부부터 붕괴되기 시작한 것이다.

신혁돈은 곧바로 고르곤의 미간을 향해 날았다.

그러자 고르곤은 자신의 불리함을 예감한 것인지 뒤로 돌아 지구로 향하는 차원문을 향해 달리기 시작했다.

도망치는 것이다.

신혁돈은 굳이 서두르지 않고 여유롭게 고르곤의 뒤를 따라 날았다.

　　　　　*　　　　　*　　　　　*

"무어어어어어!"

갑작스러운 포효와 함께 고르곤의 머리가 차원문을 뚫고 튀어나왔다.

용암이 들끓던 피부는 빛을 잃고 거무튀튀해졌으며 온몸의 구멍이란 구멍에서 피를 쏟고 있는 고르곤은 처음의 위용과 다르게 불쌍해 보일 정도였다.

고르곤이 나온 직후 신혁돈이 차원문을 뚫고 나왔고 그와 동시에 고르곤의 미간을 향해 달려들었다.

고르곤은 마지막 힘을 다해 머리를 절레절레 저었지만 신혁돈의 워해머를 피할 순 없었다.

쿠우우웅!

한 방.

쿠웅! 쿠웅! 쿠웅!

고르곤의 뿔을 밟고 선 신혁돈은 워해머로 고르곤의 미간을 쉴 새 없이 후려쳤다.

고르곤의 미간에서 피가 터지고 다리가 풀려 쓰러졌다. 그럼에도 신혁돈은 멈추지 않고 워해머를 휘둘렀고, 결국.

"무어어어……."

고르곤의 숨이 끊겼다.

퍽! 퍽! 퍽!

    신혁돈은 거기서 멈추지 않고 계속해서 미간을 두들겼다.

    에르그 코어가 떠오를 때까지.

    고르곤의 몸 위로 다섯 개의 에르그 코어가 떠오르고 나서야 신혁돈은 위해머질을 멈춘 뒤 고개를 들었다.

    "죽었군."

    그의 말에 패러독스 길드원들이 함성을 질렀다. 드디어 승리한 것이다.

제4장

헤르메스의 제안 I

고르곤이 쓰러졌다.

"와아아아아!"

신혁돈을 제외한 열 명의 길드원이 고르곤의 시체 위로 올라와 떠오른 에르그 코어를 살폈다.

"세상에, 저 빛 좀 보십시오."

에르그 코어 중 하나가 태양을 압축해 놓은 듯 제대로 보기 힘들 정도로 빛나고 있었다.

신혁돈은 본능적으로 직감할 수 있었다.

"에픽 아이템."

그의 말에 모두의 눈이 반짝였다.

길드원들 중 유니크 아이템을 사용하는 이가 있기에 유니크 아이템이 가지는 힘이 얼마나 큰지 모두 알고 있다.

그런데 에픽 아이템이라니.

신혁돈은 아이템을 독식하지 않는다. 그가 판단하기에 가장 어울리는 사람에게 아이템을 나누어주기에 패러독스의 길드원들 모두가 마음속으로 기원했다.

'제발 내가 사용할 수 있는 아이템이어라……'

모두가 군침을 삼키는 사이, 신혁돈이 다섯 개의 에르그 코어 중 가장 빛나는 에르그 코어의 위에 손을 얹었다.

그 순간 에르그 에너지가 맹렬히 회전하기 시작했고, 곧 형상을 갖추기 시작했다.

"갑옷인가?"

"투구 같기도 한데."

모두의 기대 아래 새하얗게 빛나던 에르그 코어의 빛이 점점 사그러 들었고 곧 아이템이 모습을 드러냈다.

고르곤의 피부와 같은 검은 바탕에 용암과도 같은 붉은 줄기가 이리저리 뻗어 있는 갑옷이었다.

가슴의 한가운데는 새빨간 보석이 박혀 있었고, 그곳으로부터 붉은 줄기가 사방으로 퍼지고 있었다.

신혁돈이 손을 뻗어 갑옷의 정보를 확인했다.

고르곤의 심장을 지키는 흉갑. [Epic]

—방어력 90

—불 저항력을 2배 증가시킵니다.

—에르그 에너지를 사용해 '고르곤의 분노'를 사용할 수 있습니다.

—'고르곤의 분노'

가슴에 박힌 보석으로부터 고르곤의 분노를 뿜어냅니다. 용암과도 같은 불기둥이 전방으로 쏘아 불태웁니다.

—'심장을 지키는 자.'

평상시 흉갑의 모습을 하고 있습니다. 전투 시 에르그 에너지를 주입하면 몸 전체를 감싸는 전신 갑옷의 형태로 변합니다.

치명적인 상처를 입었을 때, 단 한 번 고르곤의 심장을 지키는 흉갑에 담긴 모든 에너지를 소모해 모든 상처를 치유시킵니다.

—착용자의 육체적 능력치 전부가 10 상승합니다.

—성장이 가능합니다.

—자신보다 강한 상대를 죽이는 것으로 성장합니다.

—[성장 한계치 : 9배]

"…미쳤군."

스킬이 두 개나 붙어 있었다. 고르곤의 분노와 심장을 지키는 자, 둘 중 하나만 붙어 있어도 대박이라 할 수 있을 텐데 두 개가 한 번에 붙어 있다니.

갑옷을 손에 든 신혁돈의 얼굴이 굳자 다른 이들이 궁금해하며 하나둘씩 다가왔고 신혁돈은 그들에게 갑옷을 건넸다.

"···이런 미친."

"이게 갑옷이라고?"

"고르곤의 분노라면 고르곤이 뿜던 불기둥 아니야? 그걸 사용할 수 있다는 말인가?"

"게다가 모든 상처를 치유시킨다는 건 여벌의 목숨 하나가 생긴다는 거 아닙니까?"

"갑옷의 모든 에너지를 사용한다 하니 사용하고 나면 갑옷이 사라지긴 하겠지."

"그래도 엄청난 거잖습니까?

한바탕 소동이 일었고 모두의 시선이 신혁돈에게로 향했다.

모두의 눈이 반짝이는 것이 어지간히 탐나는 모습이었다. 몬스터 폼을 사용하는 신혁돈에게는 필요가 없는 갑옷.

그렇다는 것은 여기 있는 이들 중 한 명이 갖게 될 것이란 소리였고 그 주인이 누구인지 정해달라는 눈빛이었다.

신혁돈은 한 명씩 바라보다 말했다.

"밀리 계열 능력자가 사용하는 게 맞겠지."

그의 말에 메이지 계열 능력자들이 아쉬운 얼굴로 한 걸음 물러섰다.

"개중에도 가장 근접해서 싸우는 사람이며 여벌의 목숨

이 필요한 사람. 그리고 스킬을 극대화시킬 수 있는 사람."

신혁돈의 말이 길어질수록 윤태수의 낯빛이 밝아졌다.

증폭과 감쇄가 있는 윤태수 자신이 가장 어울린다는 뜻으로 들렸기 때문이다.

"이건 태수가 갖는다. 다른 의견 있는 사람 있나?"

모두가 갑옷에서 눈을 때지 못했지만, 이견이 있는 사람은 없었다.

그간 윤태수가 아차람의 구슬을 통해 보여주었던 활약을 알고 있기 때문이다.

그의 증폭과 고르곤의 분노가 합쳐진다면?

어마어마한 전력이 될 것이 분명하다.

이견이 없자 윤태수가 생글생글 웃는 낯으로 갑옷을 받아들었다.

"감사합니다. 그리고 모두들 고맙다."

윤태수는 곧바로 갑옷을 착용한 뒤 에르그 에너지를 불어넣었다.

그러자 윤태수가 일으킨 에르그 에너지가 가슴에 있는 붉은 보석으로 흘러들어갔고 촤라라락! 하는 소리와 함께 갑옷이 윤태수의 온몸을 감쌌다.

"…오!"

머리에는 고르곤의 뿔이 두 갈래로 뻗어 있었다. 심장이 있는 곳에 붉은 보석. 거기서부터 흘러나와 윤태수의 심장

고동에 맞추어 맥박처럼 뛰는 붉은 용암 줄기.

"멋있네……"

고준영의 말에 모두가 고개를 끄덕였다.

전신갑옷의 형태를 유지하기 위해 에르그 에너지를 사용하다 보니 등에서 뿜어지는 빛의 날개가 더욱 존재감을 발했다.

"겁나 멋있네……"

모두가 윤태수를 살피는 사이 신혁돈은 다른 에르그 코어를 확인했다.

두 자루의 검과 장갑 한 켤레가 나왔다.

세 개 전부 유니크 아이템이었고, 검은 떨거지들에게, 장갑은 백종화에게 주었다.

"목숨 걸고 사냥할 만한데……"

장갑을 착용한 뒤 이리저리 살피던 백종화가 한 말이었다.

그의 말에 김민희는 고개를 휘휘 저었다.

"다신 하기 싫은데요."

그녀의 반응에 헛웃음을 흘린 신혁돈이 마지막 남은 에르그 코어에 손을 얹었고, 가이아의 목소리가 등장했다.

"이게 왜?"

일곱 번째 시련에 대한 정보까지 얻은 상황에 가이아의 목소리가 등장할 이유는 없었다.

신혁돈이 미간을 찌푸리며 가이아의 목소리를 향해 손을

뻗은 순간 가이아의 목소리에서 빛이 솟구쳐 올랐다.

하늘에 닿을 듯 높이 솟구쳐 올랐던 빛줄기는 올라갈 때와 마찬가지로 순식간에 바닥에 꽂혔다.

마치 벼락처럼 떨어진 빛줄기는 홍서현의 몸을 관통했다.

"서현 씨!"

그녀의 옆에 서 있던 이남정이 그녀에게 손을 뻗은 순간.

투웅!

마치 투명한 벽에 부딪힌 듯 이남정이 튕겨져 나왔다.

"이런 썅!"

욕지기를 뱉은 이남정이 자리에서 일어선 순간, 새하얀 빛이 홍서현의 몸에서 흘러나오며 그녀의 몸이 떠올랐다.

"물러서."

신혁돈 또한 처음 보는 현상이었지만 당황한 티를 내지 않고 길드원 전체를 뒤로 물렸다.

거의 1미터 가까이 떠오른 채 새하얀 빛에 휩싸인 홍서현을 가운데 둔 채, 나머지 길드원들이 그녀를 둥그렇게 감쌌다.

그 순간.

―당신의 판단을 믿으세요. 앞이 보이지 않는다 한들 틀린 길이 아닙니다. 다시, 당신은 할 수 있습니다.

목소리였다.

귀로 듣는 게 아닌, 머릿속으로 직접 전달이 되는 듯한 알 수 없는 울림과도 같은 목소리가 모두의 머릿속을 파고들었다.

그리고 깨달았다.

이게 진정한 가이아의 목소리다.

전에 들었던 것들은 누군가가 가이아를 흉내 내 자신들을 속이려 하는 것이라는 걸 깨달을 수 있었다.

목소리가 끝나자 홍서현의 몸을 감싸고 있던 빛이 사그라들었고, 홍서현의 몸이 천천히 지상으로 내려왔다.

신혁돈이 그녀에게 다가가 등을 받친 순간, 그녀의 몸이 힘을 잃고 쓰러졌다.

*　　　　*　　　　*

신혁돈의 요구대로 인간 바리케이드를 만든 뒤 지루한 얼굴로 바깥을 살피고 있던 예르민은 지축이 울리는 것을 느끼곤 뒤를 돌아보았다.

그녀만 느낀 게 아닌지, 대다수의 능력자들의 고개가 그쪽으로 향했고, 그레이트 화이트 홀이 열리는 것을 발견할 수 있었다.

1㎞ 이상 떨어진 곳에서도 훤히 보이는 그레이트 화이트

홀의 모습에 예르민의 턱이 벌어졌다.

"…저게 뭐야?"

말이 끝나기 무섭게 고르곤이 모습을 드러냈고 전투가 시작되었다.

"미친……."

고르곤이 움직일 때마다 예르민의 입에서는 욕이 한마디씩 튀어나왔다. 그녀의 욕은 하늘에서 신혁돈이 뛰어내리는 순간 절정을 맞았다.

"욕 좀 그만하십시오."

그녀의 옆에서 고르곤과 신혁돈의 전투를 바라보던 메이븐의 말에 예르민이 말했다.

"보스… 아니, 메이븐, 당신은 저 광경을 보고도 가만히 있을 수 있어요? 몸이 근질거려 죽겠는데 나설 순 없으니 입으로라도 풀어야죠."

패러독스와 고르곤의 전투.

수백 명의 일본 연합이 하지 못한 일을 단 11명의 인원이 만들어내고 있었다.

김민희의 허리가 동강난 순간, 예르민이 미간을 구겼다.

한 치의 망설임 없이 신혁돈을 위해 몸을 던지는 길드원.

돈으로 묶인 용병집단인 올마이티에서는 볼 수 없는 광경이다.

아니, 어느 길드에서도 자신의 목숨을 던져 상관을 구하는 장면은 보기 힘들다.

한데 그 여자가 살아났다.

예르민이 자신의 눈을 의심한 순간.

신혁돈이 그 여자의 손을 워해머로 내리찍어버렸다.

"저 미친 새끼가!"

한데 여자는 꾹 참고 버틴다.

도무지 이해를 할 수 없는 집단, 여자의 손을 부순 신혁돈의 워해머가 빨갛게 빛을 냈다.

절정에 달한 순간.

신혁돈이 고르곤의 입안으로 들어갔고 예르민이 신음을 토했다. 하지만 고르곤의 입천장을 부순 뒤 빠져나오자 예르민은 제 자리에서 방방 뛰며 환호했다.

"저거, 완전 괴물이네… 저 정도면 저나 메이븐보다 나은데요?"

자존심이 상할 법도 한 말이었지만 메이븐 또한 고개를 끄덕였다.

고르곤과 신혁돈이 들어갔다 나온 순간 전투가 끝났고, 예르민은 꾹 쥐고 있던 탓에 손바닥에 가득 찬 땀을 바지에 닦으며 말했다.

"올마이티 나가고 저기나 들어갈까……."

"받아주긴 하겠습니까?"

"예쁘지, 실력 좋지, 몸매 좋지, 성격 좋지. 나 같은 여자를 왜 거부하겠어요?"

"…마음대로 하십시오."

"어머, 매정해라."

패러독스들이 에르그 코어를 통해 아이템을 획득하는 모습이 보이자 예르민과 메이븐은 등을 돌려 바리케이드 밖을 보았다.

이때가 가장 위험하다.

전투가 끝나고 보상을 챙기는 동안은 자연스레 긴장이 풀리게 마련이다. 그때를 노리는 정신 나간 이들이 있을지도 모른다.

하지만 바깥쪽의 상황은 별다를 것이 없었다.

더 가드와 다른 길드들, 그리고 올마이티까지 출동해 지키고 있는 이상, 이들을 뚫는 게 불가능하기 때문이다.

그 순간.

등 뒤로 빛이 터졌다.

"또 뭐야?"

고개를 돌린 순간.

─더 많고, 강한 이들이 지구를 노릴 거예요. 패러독스와 함께 그들을 막아주세요. 부탁드립니다.

빛의 범위에 있던 모든 이들의 머릿속에 목소리가 울렸다.

예르민은 당황하며 메이븐을 바라보았고, 메이븐 또한 똑같은 눈으로 예르민을 바라보고 있었다.

"들었어요?"

"들으셨습니까?"

두 사람이 동시에 서로에게 질문했고 동시에 끄덕였다.

"…맙소사, 이게 뭐죠."

"저도 처음 겪는 일입니다."

두 사람이 당황하고 있는 사이.

"막아!"

"침입자다!"

바리케이드 앞쪽에서 목소리가 터져 나왔다.

"침입자?"

목소리에 대해 생각을 할 새도 없이 고개가 돌아갔고, 한 사람을 발견할 수 있었다.

다 찢어진 청바지에 스니커즈, 항공 점퍼를 입은 금발의 사내.

예르민이 바로 달려 나갔고, 메이븐은 활을 꺼내들었다.

예르민이 바닥을 박차고 뛰어오른 순간 메이븐의 화살이 사내의 몸을 꿰뚫었다.

그 순간, 사내의 신형이 두 개로 나뉘었다.

"…분신?"

예르민이 당황하는 사이 두 명은 네 명이 되었고, 여덟 명을 넘어 열여섯 명이 되었다.

열여섯 명의 사내는 동시에 허공을 박찼다.

"뭐?"

금발의 사내는 허공에 보이지 않는 벽돌이라도 있는 듯 말 그대로 허공을 딛고 달리고 있었다.

그녀가 순식간에 네 명을 베어냈지만 나머지 열두 명은 신혁돈을 향해 달려가고 있었다. 메이븐이 순식간에 일곱 발의 화살을 쏘아 붙여 일곱 명을 잡았다.

하지만 쓰러진 이들은 모두 펑! 하는 소리와 함께 연기로 사라졌다.

예르민이 긴 한숨을 내쉬었다.

"오늘 도대체 무슨 날이야?"

"그런 소리 할 시간 있으면 뛰십시오. 의뢰인들이 위험합니다."

예르민이 고개를 갸웃했다.

"저 사람들이? 별로 위험할 것 같지는 않은데요."

메이븐이 장난치지 말라는 듯 이를 악물었고 예르민은 눈을 흘긴 뒤 사내의 뒤를 쫓아 신혁돈 일행이 있는 곳으로 달리기 시작했다.

예르민이 달려가는 것을 확인한 메이븐이 무전기에 대고 말했다.

"A—3팀, 따라와라."

메이븐의 말에 열두 명의 능력자가 예르민의 뒤를 따라 패러독스가 서 있는 곳으로 달리기 시작했다.

*   *   *

퉁. 퉁. 퉁.

땅을 박차는 소리와는 다른, 마치 토끼가 뛰는 것 같은 소리에 신혁돈의 고개가 돌아갔다.

그의 시선에 다른 이들의 시선 또한 돌아갔고, 멀리서 달려오는 일단의 무리가 눈에 들어왔다.

신혁돈은 홍서현을 눕힌 채 윤태수에게 말했다.

"지켜라."

그러자 윤태수는 고개를 끄덕인 뒤 뒤에 있는 떨거지 삼인방에게 말했다.

"지켜라."

그리곤 신혁돈의 옆에 서선 달려오는 이들을 보았다.

똑같이 생긴 사람 열댓 명이 허공을 박차고 달려오고 있었고 그 뒤로 예르민과 메이븐, 그리고 올마이티의 길드원들이 그를 쫓고 있었다.

"저게 뭡니까?"

열댓 명은 쌍둥이를 넘어서 복제인간이라 생각해도 좋을 정도로 똑같이 생긴 데다 달리는 폼까지 똑같았다.

그때.

휘이익!

메이븐이 달리면서 화살을 쏘아붙였고 맨 뒤에서 달리던 이의 머리가 꿰뚫리며 쓰러졌다.

펑!

머리를 꿰뚫린 시체가 연기로 화해 사라졌다. 윤태수의 미간이 더욱 찌푸려졌고 신혁돈은 팔짱을 끼며 말했다.

"…헤르메스다."

신혁돈의 말에 윤태수가 그를 바라보았다.

"헤르메스? 그게 뭡니까?"

신혁돈은 대답 대신 혀를 한 번 찬 뒤 걸어 나가며 소리쳤다.

"적이 아니다!"

헤르메스와 신혁돈의 거리는 20미터 남짓, 그를 쫓는 추격대와의 거리는 5미터 남짓이었다.

달려오던 헤르메스들이 신혁돈의 목소리를 듣고선 뒤로 돌았다. 그리곤 적이 아니라는 것을 보이기 위해 양손을 든 순간.

휘익! 파파팟!

화살비가 날아들어 헤르메스들을 꿰뚫었다.

펑펑펑!

화살에 꿰뚫린 헤르메스들이 사라지고 단 두 명의 헤르메

스만 남았을 때, 예르민이 달려들어 왼쪽에 서 있는 헤르메
스의 심장을 꿰뚫었다.

모든 이의 시선이 마지막 남은 헤르메스에게로 시선이 닿
았다.

"그만!"

신혁돈의 말에도 예르민은 마치 펜싱을 하듯 우아한 발놀
림으로 마지막 헤르메스의 목을 향해 레이피어를 찔러 넣었
다.

헤르메스는 피하지 않았다. 대신 예르민을 향해 손을 내
민 순간.

후우웅!

헤르메스의 손에서 거대한 바람이 일며 예르민의 검의 진
로를 바꿔놓았다. 허공을 찌른 예르민이 레이피어를 회수하
려는 순간 헤르메스가 몸을 숙이며 예르민의 복부를 향해
주먹을 뻗었다.

"하!"

거북이가 기듯, 느린 주먹에 예르민은 헛웃음 흘리며 뒤로
물러섰고, 그 순간.

퍼엉!

헤르메스의 주먹에서 기척도 없이 바람이 터져 나왔다. 주
먹이 닿지 않았기에 방심했던 예르민은 복부를 크게 얻어맞
고 수 미터 밖으로 내동댕이쳐졌다.

예르민으로 인해 시야가 가려짐과 동시에 메이븐이 화살을 쏘았다. 예르민에 몸에 가려 마치 순간 이동을 한 듯 나타난 화살이 헤르메스의 코앞에 도착한 순간.

바닥에서 솟아난 돌풍이 모든 화살을 흩어버렸다.

"오……."

싸움을 본 윤태수의 짤막한 평이었다.

순간 정적이 찾아오자 헤르메스가 말했다.

"내가 기분이 좋거든? 그러니까 내 기분 건들지 마라. 거기서 한 걸음이라도 더 가까이 오면 다 죽일 거니까 그렇게 알고, 저 여자 챙겨서 돌아가라."

일본어였다.

금발의 서양인, 헤르메스는 일본어를 쏟아내고선 뒤로 돌아 신혁돈을 바라보았다.

그리곤 뒤로 돌아 신혁돈 일행을 바라보았다.

냉기가 뚝뚝 흐르던 목소리와 달리, 사근사근한 표정이 된 헤르메스는 팔을 활짝 벌리며 신혁돈에게 다가왔다.

"신혁돈! 반갑다!"

"헤르메스!"

헤르메스는 한국말로 인사하며 토끼처럼 깡충깡충 뛰어와 신혁돈을 껴안으려 했다.

어디선가 많이 본 상황에 윤태수의 미간이 찌푸려졌다.

'데자뷰인가? 어디서 봤지.'

윤태수가 고개를 갸웃거리는 사이 헤르메스가 신혁돈에게 손을 뻗었고 그는 헤르메스의 가슴팍을 밀어 자신을 껴안는 것을 저지했다.

그러자 헤르메스가 소리쳤다.

"왜!"

"취미 없다."

'…그래, 나랑 처음 만날 때 형님이 저랬었지.'

그제야 기시감의 정체를 파악한 윤태수가 고개를 끄덕였고, 새로운 의문에 다시 고개를 갸웃했다.

'근데 저건 누구야?'

헤르메스는 기분이 상한 듯 미간을 찌푸리며 과한 제스처를 보였다. 그러면서 영어로 무어라 중얼거렸는데 잠깐 사이 뱉어낸 언어만 3개 국어다,

"저거 누굽니까?"

"진실의 눈의 길드 마스터."

윤태수의 눈이 찢어질 듯 커졌다.

"지… 진짭니까?"

신혁돈이 대충 고개를 끄덕이는 사이 메이븐이 이쪽으로 걸어오기 시작했다.

그 순간 헤르메스가 발을 굴렀고, 메이븐의 발밑에서 돌개바람이 피어올랐다. 그와 동시에 열네 명의 몸이 둥실 떠올랐다.

"오면 죽인댔지? 다음엔 진짜 죽인다."

헤르메스의 말이 끝난 순간, 떠올랐던 열네 명이 우당탕 떨어졌다.

"…맙소사."

윤태수가 놀라고 있는 사이 헤르메스가 히죽 웃으며 손을 내밀었다.

"그럼 악수."

"그 정도야."

신혁돈이 그의 손을 맞잡았고 헤르메스가 만족한 듯 미소를 지으며 말했다.

"대신 복수해 줘서 고맙다."

"우리 때문에 죽었으니 고마워할 필요 없다. 외려 내가 사과해야 하는 게 맞지."

진실의 눈 길드 마스터가 고맙다 할 만한 사안.

한국에서 텐구의 폭탄에 당한 진실의 눈 길드원, 장미의 일의 일을 말하는 것이다.

신혁돈의 말이 끝나자 헤르메스는 감동을 받은 듯, 양손을 가슴께에 끌어 모으며 고개를 끄덕였다.

"오, 아주 상남자네. 그래도 고마운 건 고마운 거니까 나의 고마움을 사양하진 말아줘."

신혁돈은 고개를 끄덕인 뒤 물었다.

"여긴 왜 왔지?"

"장미의 복수 겸 당신들 만나러. 복수는 당신들이 해결한 것 같으니 이제 뒷일을 하러 온 셈이지. 아, 인사가 늦었네. 반갑다. 진실의 눈 길드 마스터 헤르메스다."

"신혁돈."

헤르메스가 다시 악수를 건넸지만 신혁돈은 손을 잡지 않았고 헤르메스는 머쓱한 듯 뒤통수를 긁적였다.

윤태수를 비롯한 길드원들, 그리고 멀찍이 서 있는 이들의 미간이 찌푸려졌다.

'도대체 뭐하는 놈들이지?'

대화를 보면 처음 만나는 이들이 분명한데, 말하는 내용을 보면 십년지기 친구처럼 아무렇게나 이야기를 하고 있다.

헤르메스는 주변을 살피더니 말했다.

"방금 들은 목소리에 대해 묻고 싶은데… 대화하기 좋은 상황은 아닌 것 같네. 언제 시간 괜찮아?"

헤르메스의 말을 들은 신혁돈의 미간이 굳었다.

"목소리?"

"넌 못 들었어?"

"무슨 내용을 들었지?"

"더 많고 강한 이들이 지구를 노린다… 그러니 패러독스를 도와라 이런 내용이었는데 너도 듣지 않았나?"

신혁돈이 묘한 표정을 지었고 다른 패러독스의 인원들 또한 마찬가지.

자신들이 들은 내용과 다르다.

군이 티를 내진 않았지만 신혁돈의 표정을 본 헤르메스가 고개를 끄덕였다.

"듣긴 들었나 보네."

"네 말대로, 대화하기 좋은 상황이 아니다."

"그럼 언제가 괜찮은데?"

"내일 저녁."

"그래, 그럼 내일 저녁에 다시 보지. 그때까지 잘 있어!"

말을 마친 헤르메스는 아까 보여주었던 것처럼 아무것도 없는 허공을 밟고 하늘로 올라갔다.

"…내가 뭘 본거지?"

윤태수가 물었고 어느새 그의 옆에 다가온 백종화가 말했다.

"일단 여기 상황부터 빠르게 정리하고 돌아가서 얘기해 봐야겠는데."

"그렇게 합시다."

그제야 정신을 차린 예르민이 벌떡 일어서며 주변을 살폈다. 그녀는 헤르메스가 보이지 않자 분통을 터뜨리며 소리쳤다.

"그 새끼 어디 갔어!"

메이븐이 그녀를 달래는 사이, 신혁돈이 고르곤의 시체를 가리키며 말했다.

"저거 정리할 회사 부르고, 그 사람들이 올 때까지 자리를 지킨다."

"넵."

다들 피곤에 절은 눈을 하고 있긴 했지만 고르곤 시체의 가치를 알았기에 군소리 없이 고르곤의 시체 주변을 지키고 섰다.

그사이 신혁돈은 고르곤의 몸을 타고 올라가 심장을 파낸 뒤 에르그 기관을 섭취했다.

그 순간 신혁돈이 눈을 감았고 영혼 포식이 발동되며 신혁돈의 머릿속으로 고르곤의 기억과 습관, 언어 체계가 흡수되기 시작했다.

몇 마리의 고르곤들이 보였다. 하지만 신혁돈이 죽인 고르곤보다 큰 이는 없었다. 이놈은 고르곤들의 우두머리였고, 하나의 군락을 이끌고 있었다.

그렇게 살던 와중, 새하얀 빛과 함께 고르곤은 정신을 잃었다.

그리고 다시 눈을 떴을 때, 고르곤은 차원석이 있는 공간에 있었다. 당황한 고르곤은 그 공간을 탈출하기 위해 애를 썼지만 탈출할 수 없었다.

그리고 얼마 지나지 않아 차원문이 열렸다.

기억을 모두 흡수한 신혁돈이 다시 눈을 떴다.

그 순간 메시지가 떠올랐다.

[브리아레오스의 영혼이 고르곤의 영혼에 반응합니다.]

[두 괴수의 영혼이 합쳐져 새로운 영혼이 탄생했습니다.]

[보유한 영혼의 수 : 1]

"…뭐?"

신혁돈은 메시지창을 자세히 보았지만 더 이상의 정보는 없었다. 차원지기나 그레이트 화이트 홀에서 나오는 괴물 한 마리만 섭취해서는 제대로 된 능력을 사용할 수 없었다.

하지만 에르그 기관 자체가 가진 에르그 에너지가 많았기에 섭취하고 있던 것인데 이런 효과가 있을 줄이야.

'그런데 영혼을 어디다 쓰는 거지?'

게다가 두 개가 합쳐졌다니.

브리아레오스의 영혼과 고르곤의 영혼이 합쳐졌다면 필시 어마어마하게 강한 영혼이 탄생했을 것이다.

하지만 아무런 반응도 없다.

찜찜하긴 했지만 지금 당장 알 수 있는 방법이 없다.

신혁돈이 고개를 휘휘 젓는 사이 신혁돈의 옆으로 도시락이 날아와서 깍깍 울었다.

그가 심장을 취했으니 이제는 자신이 고기를 먹을 차례라 말하는 것이다.

"가죽과 뼈가 상하지 않게, 살만 발라 먹어라."

"까악!"

도시락은 걱정 말라는 듯 길게 운 뒤 에르그 기관이 사라진 심장부터 쪼아 먹기 시작했다.

신혁돈이 다시 내려오고 얼마 지나지 않아 몇 대의 트럭과 중장비들이 들어왔다.

고르곤의 시체를 매입할 회사가 도착한 것이다.

제일 앞에 달려온 외제 차 한 대가 고르곤의 시체 앞에 섰고, 정장을 빼입은 외국인 하나가 차에서 내렸다.

"안녕하십니까. M&Q 일본 지부장 메르헨더입니다."

외국인이 영어로 무어라 하자 그의 옆에 서 있던 한국인이 통역을 해주었다.

메르헨더를 본 윤태수는 고르곤의 시체 위에 서 있는 신혁돈을 바라보았다. 그가 내려올 것 같지 않자, 윤태수가 메르헨더를 맞이하며 거래를 시작했다.

*   *   *

고르곤 사냥과 텐구의 정리.

두 마리 토끼를 모두 잡고 전리품까지 모두 챙겼다.

메이븐은 사과했다.

헤르메스를 통과시킨 데다가, 예르민이 의뢰주의 말을 듣지 않고 날뛴 덕에 메이븐 또한 끼어들어 화살을 쏘아댔다.

모범을 보여야 할 우두머리 둘이 그런 짓을 벌였으니 입이 두 개라도 할 말이 없었다.

이럴 땐 돈을 받는 것보다 마음의 빚을 지우는 게 훨씬 이득이다.

그것을 아는 윤태수는 돈을 다음 의뢰 때 더 신경 써 달라 했고, 메이븐은 자신의 이름을 걸고 그러겠노라 약속했다.

약속했던 유니크 아이템을 받은 올마이티가 돌아가고, 더 가드와 협약한 길드 또한 돌아갔다.

윤태수는 모두의 카메라를 거둔 뒤 메모리 칩을 더 가드에게 건넸다.

"알아서 사용하십시오. 수익이 나면 더 가드의 발전에 사용하시고. 출처만 확실히 해주시면 됩니다."

"…어째서입니까?"

수익에 대해 묻는 것이었다.

이 영상을 돈을 받고 판다면 어마어마한 수익을 올릴 수 있을 것이었다. 한데 그것을 더 가드가 발전하는 데 사용하라 선뜻 건넨 것이다.

"이번에 받은 도움이 컸습니다. 앞으로도 지금처럼 저희를 도와달라는 의미의… 뭐, 그런 겁니다."

절대 영상을 편집하고, 그 영상을 통해 다른 길드들과 거래하여 최상의 결과를 뽑아내기 귀찮아서 그냥 넘기는 것은 아니었다.

절대.

메모리 칩을 건네받은 조훈현은 천천히 고개를 끄덕인 뒤 윤태수에게 고개를 숙였다.

"감사합니다."

"예, 앞으로도 잘 부탁드립니다."

"물론입니다."

더 가드는 고르곤의 시체 곁에 남아 해체 작업이 진행되는 동안 주위를 지켰다. 그 모습을 본 패러독스 길드원들은 도시락에 올라 호텔로 향했다.

『괴물 포식자』 6권에서 계속…

초대형 24시 만화방

신간 100%, 샤워실, 흡연실, 수면실(침대석), 커플석, 세탁기 완비

■ 강북 노원역점 ■

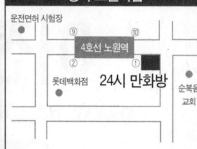

서울 노원구 상계동 340-6 노원역 1번 출구 앞 3층
02) 951-8324 (화용빌딩 3층)

■ 일산 정발산역점 ■

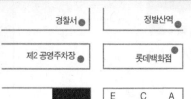

라페스타 E동 건너편 먹자골목 내 객잔건물 5층
031) 914-1957

■ 일산 화정역점 ■

경기도 고양시 덕양구 화정동 984번지 서일빌딩 7층
031) 979-4874 (서일사우나 건물 7층)

■ 부천 역곡역점 ■

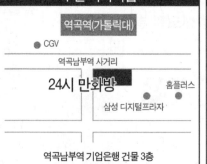

역곡남부역 기업은행 건물 3층
032) 665-5525

■ 부평역점 ■

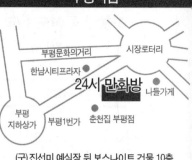

(구) 진선미 예식장 뒤 보스나이트 건물 10층
032) 522-2871

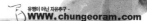

이경영 판타지 장편소설

FANTASY FRONTIER SPIRIT

그라니트

용들의 땅

GRANITE

사고로 위장된 사건에 의해 동료를 모두 잃고 서로를 만나게 된 '치프'와 '데스디아'.
사건의 이면에 장식을 벗어난 음모가 있음을 알게 된 둘은
동료들의 죽음을 가슴에 새긴 채 각자의 고향으로 돌아간다.
2년 후, 뜻하지 않게 다시 만난 두 사람은 동료들의 복수를 위해
개척용역회사 '그라니트 용역'을 설립해 다시금 그 땅을 찾게 되는데……

용들이 지배하는 땅 그라니트!
그곳에서 펼쳐지는 고대로부터 이어지는 운명적 만남,
깊어지는 오해, 그리고 채워지는 상처.

『가즈 나이트』시리즈 이경영 작가의 미래형 판타지 신작!

Book Publishing CHUNGEORAM

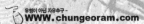

유행이 아닌 자유추구 -
WWW.chungeoram.com

MAJOR LEAGUER

메이저리거

FUSION FANTASTIC STORY
강성곤 장편 소설

꿈꾸는 자에게 불가능은 없다!

『메이저리거』

불의의 사고로 접어야만 했던 야구 선수의 꿈.
모든 걸 포기한 채 평범한 삶을 살던
민우에게 일어난 기적!

"갑자기 이게 무슨 일이지?"

그의 눈앞에 나타난 의미 모를 기호와 수치들.
그리고 눈에 띈 한 단어.
'타자(Batter)'

**특별한 능력을 얻게 된 민우의
메이저리그 진출기가 시작된다!**

Book Publishing CHUNGEORAM

유행이 아닌 자유추구-
WWW.chungeoram.com

박선우 장편소설
FUSION FANTASTIC STORY

멋진
Wonderful
Life
인생

태어나며 손에 쥔 것이라고는 가난뿐.

그러나 내게는 온몸을 불사를 열정과
목숨처럼 소중한 사랑이 있었다.

『멋진 인생』

모두가 우러러보는 최고의 직장이자 가장 치열한 전쟁터,
천하그룹!

승진에 삶을 바친 야수들의 세계에서 우뚝 서게 되는
박강호의 치열하지만 낭만적인 이야기!

Book Publishing CHUNGEORAM

유행이 아닌 자유추구
WWW.chungeoram.com